ベリーズ文庫

副社長のイジワルな溺愛

北条歩来

JN180034

STARTS
スターツ出版株式会社

目次

副社長のイジワルな溺愛

特別書き下ろし番外編

副社長のイジワルな溺愛

はじめまして、冷徹副社長様

今月も月末がやってきた。数日すれば月初になって、さらに追い込まれる。

「一、十、百、千……」

経理室の片隅、私は今日も数字と戦う。社員小口申請については、証憑《しょうひょう》原本の日付や但書《ただしがき》も確認が必要だ。

会社の基盤となる重要な部署に配属され、任されている作業は一見地味でも、やりがいはある。

ここ、『御門建設《みかどけんせつ》』は日本一のスーパーゼネコン。

ゼネコンとは、自社で建築・土木の設計から施工管理を一括で請け負うことができる総合建設業社の略称で、とりわけ売上高が一兆円以上の企業は〝スーパーゼネコン〟と区別される。働いている人たちにも特色があって、本社内で設計、積算、営業や安全などを管轄する〝内勤〟と、現場に赴き施工管理や工事を担当する〝外勤〟に分かれている。

私、深里茉夏《みさとまな》が所属する管理部経理室は一般職の内勤。私はその経理室の隅で地味にひっそりと働いている。半数以上の社員は、建設業に興味があって勤めているけれど、私は五年前の就活でどういうわけか運よく内定をもらえただけ。二十六歳になった四年目の今も数字は苦手だし、経理の仕事に日々四苦八苦している。

「深里さん、これ通せないやつ」

先輩の女子社員から返されたデータと証憑を見比べつつ、先に途中だったものを終わらせようと手を伸ばす。

あれ？　さっきどこまで数えたっけ……領収書の枚数も多いし、桁が多くて数えるのも一苦労だなぁ。

「ちゃんと見えてるの？　その瓶底」

「あはは、これですか？　バッチリ見えてます」

瓶底と言われているのは、私の眼鏡のこと。昔から読書が好きで暗い部屋で読んだりしていたから、視力が一気に落ちてしまったのだ。遺伝もあるけど、私ほど視力が悪い家族はいないない。

「……ん？　〝ミカド様〟になってる」

領収書の宛名が〝御門建設〟ではなく、カタカナで〝ミカド様〟と記載されているものを見つけた。このままでは処理できないから、一度差し戻して対応してもらわなければいけない。

この領収書の提出元は……。

データの申請者と所属部署を確認して、私は「ひっ！」と小さく悲鳴をあげてしまった。

【代表取締役副社長　御門慧《みかどけい》】

副社長が、この領収書を？

ということは副社長に確認を取りに行かなければいけないわけで……。

周りを見ても、代わりに頼めそうな人はいない。この時期の経理室はいつも以上に殺伐《さつばつ》としていて、話しかけることすら気が引ける。

私は渋々腰を上げ、領収書の原本を持って副社長室へと向かった。


御門建設本社は、東京《とうきょう》駅丸《まる》の内《うち》中央口から徒歩三分の好立地にある。周辺環境や景観との調和を考えた三十五階建ての社屋は、防災拠点にもなる最先端の免震構造が活かされており、真っ白な外観が美しい。

最上階は会長室と特別応接室になっていて、三十四階は社長室と副社長室、秘書室などがある。私みたいな一般社員が普段立ち入ることはないので、高層階に行くというだけで緊張して、背筋に冷汗が伝う。

エレベーターの到着音が鳴ってドアが開くと、下階から乗ってきたスーツ姿の営業マンや作業着姿の外勤社員、お洒落で華やかな内勤女性たちの視線が向けられた。

私のような、黒のスキニーパンツと白いシャツという簡素な服装の社員は少なく、注目をされるのは日常茶飯事。でも、今はそんなことを気にしている余裕すらない。クリアファイルに挟んで持ってきた領収書を副社長に確認してもらって、今日中に対応してもらうことで頭がいっぱいだ。

上昇に従って、乗り合わせていた人が降りていき、とうとうひとりになってしまった。副社長室のある三十四階が近づくたびに、一層気が重くなる。

副社長は、御門家の次男で三十二歳。三年前、若くして副社長に就任したのは一族優遇ではなく、彼の実績が正しく評価されたものだというのは有名な話だ。

モデル顔負けの百八十五センチの長身に小さな顔、長い脚と完璧なスタイルの持ち主で、鋭さと艶っぽさが共存する視線に魅了された人は数知れず。

そして、海外の有名高校と大学を卒業して帰国し、英語とスペイン語を流暢《りゅうちょう》に操るトリリンガル。

家柄もよく、高学歴、高収入。そんな彼は、多くの女子社員たちに恋人の座を狙われていて、『次の創立記念日までに生涯の相手を決めるらしい』という噂まで出回るほど話題に事欠かない。

ただ、社内ではとても仕事に厳しい姿勢と冷たそうな人柄から〝プライドがエベレストよりも高い、冷徹な御曹司〟として恐れられている。

私は言葉を交わしたこともないけれど、以前見かけた時に、クールで近寄りがたい圧倒的な雰囲気にのまれ、一気に苦手意識を持ってしまったのだ。

三十四階に到着して、まずは秘書室に寄っておくことにした。副社長室を突然訪問するのは憚《はばか》られるし、役職者の経費精算作業は各々の秘書が担当している。つまり、秘書に対応してもらえたら一件落着で、副社長に会うことなく話は済むはずだ。

秘書室のドアをノックすると、華やかで知的そうな秘書が顔を出し、思わず見惚《みと》れてしまった。

「はい、どのようなご用件でしょうか？」

彼女の胸元には、自前の真紅の本革ＩＤケースが揺れている。かたや私の胸元には、入社時に会社から貸与された味気ないビニールが提がっているだけ。

「経理室の深里と申します。副社長付きの秘書の方はいらっしゃいますか？」

「申し訳ありません。昼休憩で席を外しておりますが、ご用件は？」

「経理関係なのですが……」

「一度、副社長にお取次ぎしましょうか。その方がきっと話は早いでしょう。お待ちくださいね」

「え、いやっ、あのっ‼」

秘書は、迷うことなく自席から内線で副社長と話している様子だった。

せっかく顔を合わせずに用が済むと思ったのに……。

「深里さん、通路の左奥にある副社長室へどうぞ」

にこやかに送り出された私は、不器用な笑顔を見せて背を向ける。

最悪だ……。今日はツイてない。

これから副社長に会うと思うと、とてつもなく気が重い。

副社長室のドアは磨《す》りガラスになっていて中の様子は見えないけれど、柔らかい明かりが漏れている。

軽く握った手でノックしようとするも、緊張して自然と腕が下がってしまった。

でも、仕事で来ているんだからと気を取り直し、ドアを二回叩いた。

「――はい、どうぞ」

冷静で抑揚の少ない低い声が、私の緊張を最大まで引き上げる。

恐る恐るドアを引くと、ガンッと鈍い音がして内開きだと気づいた。

「失礼いたします」

「騒々しいな、ドアを壊す気か」

「もっ、申し訳ございません‼　経理室の深里と申します」

初対面の副社長は前評判通りの冷徹さで、苦手な雰囲気だ。睨んでいないと分かっていても、力のある瞳に見つめられると足が竦むし、話し方にも棘《とげ》を感じる。

「用件はなんですか？」

部屋の入口に立ったまま動けずにいると、さらに射るように見つめられ、思わず落としてしまったクリアファイルを慌てて拾い上げた。

「お忙しいところ恐縮なのですが、領収書をご確認いただけますか？」

「領収書？　秘書に一任しているはずだが」

役職者ともなると多忙なのだろう。デスクの上にはあらゆる書類が積んであるし、キーボードを叩く音も、まるで指が駆け回っているようだ。

「それが、お昼で席を外されていたものですから」

「あぁ……」

だからアポイントがあったのかと副社長は理解した様子で、ハイバックチェアにもたれた。

「なにか不都合でも？」

「宛名が間違っているようでして」

「いつの領収書だ？」

手招きされて副社長が座る大きなデスクの前に立ち、原本を差し出した。

「本当だ。ミカドになってるな。まったく、適当に書かれたか……」

領収書の額は約百万円。金額の大小にかかわらず、誤りのある申請は通すわけにはいかない。

「そうか、今日が締日だったな。すまない、面倒をかけてしまって」

「い、いえ……」

さすが副社長だ。社内のスケジュールが頭に入っているようで、卓上カレンダーに目を向けて再確認している。

「悪いけど、君がこの店に行って差し替えてきてくれないか？」

「私がですか？」

「仕方ないだろう？　私はこれから取引先を訪問する予定が入っているし、夜は会食がある。秘書に預けたいところだが、身重なんだ」

事情を聞いたら断るわけにもいかず、渋々了承して部屋を出た。

「君、ちょっと待ちなさい」

下階行きのエレベーターの到着をぼんやり待っていたら、副社長が追いかけてきた。失礼があったかと、瞬時に嫌な汗が背を伝う。

「私の名刺を持っていきなさい。なにか困ったことがあれば連絡してくれて構わない」

社のロゴマークが入った名刺をありがたく頂戴《ちょうだい》した。社員の誰もが持っているけれど、役職者のものは一般社員と違って上質な紙が使われている。

それに、副社長の肩書と名前が載っている現物を見たら、特別輝いて見えた。


自席に戻り、領収書に記載されている電話番号に連絡を入れる。『ｃｌｕｂ 藍花《あいはな》』という店名からして、明らかに夜のお店だと分かった。

時刻は十五時過ぎ。呼出音が鳴り続けるばかりで一向に繋がらず、開店は二十時と告げるアナウンスが流れた。一時間前には店員が開店準備をしているかもしれないし、それくらいに出かけられるように予定を立てた。

「室長、こちらの案件で原本差し替えが必要なのですが、先方が夜にならないと対応できないようなので、後ほど外出してから社に戻りたいのですがよろしいでしょうか」

念のため、残業と外出許可を取ったけれど、次から次へと回付されてくる経理決裁の対応に追われている様子で、室長は私を一瞥《いちべつ》するだけで了承した。

外出してもう一度社に戻るのも面倒だし、熱気に満ちた夏の夜の街を歩くのも億劫《おっくう》。なによりも、夜の店に行くのは腰が重くて仕方ない。間違いなく私のような地味系女子には縁遠いはずだったのに……。お遣いを頼まれるなんてツイてない。

「香川《かがわ》さん、お疲れ様」

心の中で愚痴をこぼしていたら、優しげな声が耳に届いた。

いつの間にか経理室にやってきていたのは、私が密かに想いを寄せる倉沢《くらさわ》さん。私の並びに座る女子社員の香川さんに声をかけている。

入社以来ずっと片想いをしている彼が近くにいるとドキドキして、目の前の作業に集中しようとしても、彼ばかりに意識が向いてしまう。

「お疲れ様です。今日も打ち合わせされていたんですか？」

「もう少し早く終わるはずが、結構長引いちゃって。で、立ち寄ったついでで申し訳ないんだけど、これも追加させてもらえますか？」

香川さんと話している倉沢透流《とおる》さんは、我が社のエンジニアのひとりで、構造設計グループにいる内勤組だ。

すらっとした百八十三センチの長身に、正統派の整った顔立ちと人懐《ひとなつ》こい笑顔、そしてソフトな声色の持ち主。眼鏡をかけていることが多く、今日は私が一番好きなべっ甲フレームの眼鏡をしていると、こっそりチェックをした。

「もちろん、いいですよ。倉沢さんのお願いは断れません」

快く引き受けた香川さんにお礼を言ってから去っていく彼を、経理室の同僚女子たちが見送った。

副社長同様、彼も人気が高く、私にとっては高嶺の花。それでも、久しぶりの恋を自覚してからは、可能性のなさそうな片想いでも続けていたくなるのだ。

私みたいな地味女子が倉沢さんに想いを寄せていると誰かに知られたら、間違いなく鼻で笑われるんだろうな。身の程知らずってなじられて、肩身の狭い思いをするに違いない。

「私、倉沢さんとこの前食事に行ったんだけどね」

香川さんが他の同僚と雑談をしている。

「ふたりで？」

「まさか。同期が構造設計グループにいて、倉沢さんの後輩だから誘ってくれただけ。でも、すごく格好よかったし、優しかったし、話もおもしろくて……やっぱり彼って素敵だなって思っちゃった」

羨ましいなぁ、倉沢さんと社外で会えるなんて。私も、もっと堂々と彼と話してみたい。

これ以上のアピールをする勇気もない私には、とても無理だけど……。


十九時前になったのを確認してから、デスクトップのパソコンをスリープにした。

「深里さん、もう終わったの？」

「出かけて戻ってきます。これ、原本差し替えが必要で……」

向かいの席に座っているお局《つぼね》の先輩に帰宅するのかと咎《とが》められて説明すると、「大変ね」と労いが感じられない声が返され、私はバッグを持って離席した。

電車に乗って二分で到着する銀座《ぎんざ》には、今まであまり来たことがない。

七月下旬の夜は、今にも雨が降りそうなほど蒸していて、少し歩いただけで汗ばむし、行き交う人たちも扇子《せんす》で扇いだり、ハンカチで額を拭っている。

「ｃｌｕｂ藍花……この辺りにあるはずなんだけどなぁ」

通勤用のリュックサックで背中まで蒸してきて、たまらず手に持ち直し、携帯で地図を見ながら、近隣を彷徨《さまよ》う。

十分ほど歩いてようやく辿《たど》り着いたものの、明らかに高級そうな店構えにたじろぎ、様子を窺うように恐る恐るドアを開けた。

静かに流れるジャズの音色が聞こえてくる。壁掛けのシャンデリアが灯る入口に立っていると、黒服を着た男性店員が通りかかって私に気づき、丁寧《ていねい》にお辞儀をしてくれた。

「いらっしゃいませ」

「こちらはｃｌｕｂ藍花さんでしょうか？」

「はい」

百五十五センチの小柄な私を品定めする店員の視線に気まずさを感じ、大理石の床に目を泳がせる。

「大変申し訳ございません。当店はドレスコードがございまして、ふさわしくない装いのお客様のご入店はお断りさせていただいております」

「あっ、すみません」

「もしこちらでの勤務をご希望でしたら、裏手からお入りいただきますが」

「そういうわけではなく……」

初めて来た夜の店の雰囲気に圧倒されて要件を言えずにいる私を、店員が怪訝《けげん》な顔で見下ろしてくる。

「あの、申し遅れました。私、御門建設の経理を担当している、深里と申します」

「……御門建設様ですか？」

副社長が使っているお店なのだから、社名を知らないはずはない。

「申し訳ありませんが、身分を証明できるものを拝見できますか？　なければお話を伺うことはできかねます」

きっと私のＯＬらしくない服装と、幼く見られがちな前髪のある黒髪のせいだろう。社会人なのかも疑われているかもしれないと思い、リュックサックから常に数枚持ち歩いている名刺を取り出し、店員に渡した。

「名刺でよろしければ、ご確認ください」

相変わらず値踏みするような視線を向けられていたけれど、名刺を見てようやく納得してくれたようだ。

「……まぁ、いいでしょう。それで、ご用件はなんでしょうか」

「実は、先日発行していただいた領収書の差し替えをお願いしたく参りました」

リュックサックからクリアファイルに挟んできた社名入りの封筒を出し、店員に差し出す。

「確認して参りますので、少々お待ちください」

店員は封筒を受け取ると、そのままレセプションの後ろにあるドアの向こうに入っていき、三分ほど経ってから出てきた。

「確かにこの日、御門副社長様にご来店いただいていたようですね」

「はい」

「大変失礼いたしました。ご足労いただいてしまい申し訳ございません。ただいま正式なものをご用意しますのでお待ちください」

店員と話していると、背中が大胆なV開きの白いドレスを着た女性が、甘い匂いの香水を漂わせながらやってきた。

「こんばんは。あなた、入店するの？」

「いえ、私は会社の遣いで参りましたので」

「どちらの方？」

「御門建設です」

私が社名を告げると、その女性はくっきりと化粧を施した双眸《そうぼう》を大きく見開き、一歩近づいてくる。

「御門副社長には先日来ていただいたんです。お忙しいみたいであまりお会いできないのが残念で……。お待ちしていますと、ぜひよろしくお伝えくださいね」

「あ……はい、申し伝えます」

領収書を差し替えるために来たはずなのに、またお遣いを頼まれてしまったようで、より気が重くなる。

できるだけ副社長とは関わりたくないのに……。


無事に領収書を手に入れた私は、そそくさと店を出て、急いで社に戻った。

経理室に戻ってこれたのは二十時過ぎ。未だに部長をはじめとした数名の同僚や先輩が残っている。

「お疲れ様。大変だったね、暑い中」

「いえ、これくらいは」

誰にでもフラットに接してくれる先輩社員に労われ、ぺこりと頭を下げた。

「さっき、副社長が来て深里さんを探してたよ」

「え……副社長がですか⁉」

戻って早々、さらに仕事が増えたような気分だ。

差し替えが済んだことと、綺麗な女性に伝言を頼まれたことは伝えようと思っていたけれど、できれば会わずにメールか電話で済ませたかったのに……。

どちらにしても、一度連絡を入れておく必要はあると思い、秘書室へ内線をかける。

「――経理室の深里です。御門副社長からご連絡いただいていたので折り返しているのですが、いらっしゃいますか？」

「はい。お繋ぎします」

こんな時間でも秘書が残っているということは、役職者のサポートはそれほど大変なのだろう。あと少しで半期が終わるし、余計に業務が多そうだ。

「――御門です」

「経理室の深里です。お疲れ様です」

「あぁ、昼間の領収書はもらえましたか？」

「はい。正しいものに差し替えていただきました。それから、お店の方から伝言を承りました」

それに、こんな格好で行ったから、入店拒否の洗礼も受けたのだったと思い返す。

「伝言？　……申し訳ないが、私の部屋まで来てください。今すぐに」

一方的に通話を切られて唖然《あぜん》としつつ、焦って席を離れた。

一日に二度も副社長に会うことになるとは……やっぱり今日は厄日だ。

上昇していくエレベーターには、昼間のように乗り合わせる社員はいなかった。この先何度訪れても慣れそうにない高層階のフロアは、つい息を潜めて歩いてしまう。

副社長室の前に着くと、彼の表情や視線、声色を思い出してしまい、ドアをノックしようとする手が緊張で汗ばんできた。

「失礼いたします」

「はい」

ここは内開き、と。昼間の小さなミスを繰り返さないよう、気を付けてドアを開けた。

「経理室の深里です」

「お疲れ様。それで、伝言はなんでしたか？」

念のため持参した領収書を差し出すと、二、三度頷いて確認をしてくれた副社長が尋ねてきた。

「お名前は伺っておりませんが、白いドレスを着た綺麗な女性にお声かけいただきまして……社名を告げたところ、副社長にまたお会いできるのを楽しみにしていると、伝言をお預かりしました」

「……それから？」

「そ、それから……えっと」

言葉を詰まらせてしまうほど、不機嫌を露《あら》わにした表情を前に、冷汗がどっと出る。

眉間に深い皺《しわ》が寄り、私を見つめる視線にも副社長の不快を感じた。

「私がこのような服装だったからだとは思いますが、御門建設の者と申してもすぐに信じていただけず、入店を断られてしまいまして……申し訳ありません。今後はもう少し服装にも気を配ります」

――と言ってはみたものの、現実にはそんなすぐに新しい服は買い揃えられないし、他の女子社員のように着飾っても自分らしくない気がして、イメージすら浮かばない。

それに、経理室の業務は来客対応があるわけでもないし、今日のようにお遣いで外出することも稀《まれ》。日々、会社と自宅を往復するだけなのに、着飾る必要をあまり感じていないのが本音だ。

「あとは？　言われたことを洗いざらい報告しなさい」

「開店前の時間にお邪魔してしまったからか、勤務希望なのかと聞かれたくらいです。あとは特にありませんし、とても丁寧に接してくださいました」

「分かった。もう戻っていい」

呼び出したのは副社長なのに、話を聞くだけ聞いてサッサと戻るように言われた。

副社長が冷徹で感情の見えない人だっていうのは知っていたけれど、まさか労いの言葉もかけてもらえないなんて……。

私まで不機嫌が移りそうだ。


「戻りました、って私が最後かぁ……」

この数分の間に誰もいなくなった経理室内で、自席で残っていた作業に取りかかる。

そういえば、副社長が今夜は会食があるって言ってたけど、予定が変わったのかな。それともこれから外出するのかな。どちらにしても役職者は忙しそうだ。

そんなことを思い出しながら、もらってきた領収書とデータを突き合わせ、今日中に終わらせるべき業務をきっちり済ませてから社を出た。

私の魅力ってなんですか？

ふと眠りが浅くなり、自然と目覚めた。

夏は朝から日が高く、カーテンの隙間から漏れ入る光の色を見ただけで、外気温の高さが想像できてしまい、気が滅入る。

だけど今朝は深い睡眠が取れたのか、随分と頭がスッキリしている。時間を確認しようと、傍らの目覚まし時計を手に取った。

「……大変っ‼」

昨夜は珍しく遅くまで残業をしたせいで、帰宅したのは二十三時過ぎ。

ろくに食事もとらず倒れるように眠りにつき、アラームのセットを忘れた昨夜の自分を責める。シャワーも浴びなくてはならないのに、時刻は家を出る時間の十分前だ。

急いでシャワーを済ませ、ろくに髪も乾かさないまま、適当に服を選んで着替えて、メイク道具を放り込んだリュックサックを右肩に担いで家を出た。

出社時刻は所属部署によって異なり、経理室の始業は九時半と決められている。

だけど、今朝はギリギリになりそうだ。今まで無遅刻無欠勤だったのに‼

「すみませーん！　乗りまーすっ！」

会社に到着し、ちょうど扉が開いていたエレベーターに置いていかれないよう、声をかけながら駆け込んだ。

「はぁ……なんとか間に合いそう」

膝に両手をついて、腕時計を見ながら肩で息をする。

「朝から随分と騒がしいな」

「ひっ‼」

まだ呼吸が整わないうちに、右斜め上から聞こえた声に顔を上げた私は、思わず小さな悲鳴をあげてしまった。

「私の顔を見て悲鳴をあげるとは、なかなかの度胸だ」

「しっ、失礼いたしました」

「御門で働くなら、髪くらい乾かしてきなさい。男の部屋から出社してきたのか？」

「そ、そんな人いません‼」

彼氏なんてこの十年いないし、それに男の人の部屋からなんて……ハレンチ‼

かぁーっと赤らんだ頬を両手で包んでいると、副社長が涼しげな目元を細めて微かに笑ったような気がした。

「だろうな。そんな相手がいれば、君ももう少し気を使うだろう」

言葉が浮かばず、もごもごとしていたら経理室が入っている階に到着し、私は一礼して慌ててエレベーターを飛び出した。

バタバタと席に着き、なんとか就業時間に間に合ったことに安堵《あんど》の息をつく。

「いいわねぇ、若い子はすっぴんで出勤できて」

「すみません……」

お局の先輩には朝からお小言を言われ、締日を過ぎてからが本当に忙しくなる部内は、すでにピリピリと緊張が張りつめたようなムードだ。

こんな日に限って遅刻寸前で出勤するなんて……厄日は昨日だけじゃなかったのかも。朝から一番会いたくない副社長と顔を合わせてしまったし。

「おはようございます」

汗が引いて、空調が効いた室内でやっと業務に集中し始めた九時四十五分。二日連続で倉沢さんが顔を見せてくれて、沈んでいた気持ちが一気に浮き上がった。

だけど、髪もメイクも適当な姿を見られてしまい、恥ずかしくなる。

「香川さん、昨日はありがとう。これでなんとか許して」

「そんな、気を使っていただかなくていいのに……ありがとうございます」

微笑むと小さなえくぼが両頬に浮かぶ香川さんは、私と同い年の同期。いつもにこやかで、とてもかわいらしい女性だ。仕事に勤しんでいても、彼女の周りは常に和やかな空気が流れている。いつもスカート姿で五センチヒールのパンプスを履き、横顔を飾るピアスとネイルを小花のデザインで合わせていたりする、全身抜かりないお洒落さんだ。

「香川さん、これ好きだったなぁって思い出してね」

倉沢さんが渡したのは、私も好んでよく飲んでいる炭酸水だ。私の分は当然あるはずがなく、ちょっと香川さんが羨ましいと思ってしまった。

経理室内が一瞬華やいだのも束の間、倉沢さんが出ていくと元通りの殺伐さが戻ってきた。

朝から彼に会えた余韻に浸っていると、無言でお局の先輩が書類の束を私のデスクに置いていった。

「こんな忙しい日に遅刻しかけたくせに、男性に見惚れる余裕はあるのね」

「すみません……」

せっかく倉沢さんを見られて嬉しかったのに、また沈んだ気分に支配されていく。

寝坊したのは昨夜遅くまで残業したからなのにと思いつつ、昨夜アラームをセットしなかったことを再び後悔した。


それからは怒涛《どとう》の忙しさで、午前中は息をつく間もなく過ぎ、気づけば十五時。

「ランチに行ってきます」

行ってらっしゃい、と隣席の同僚に返され、バッグを持って経理室を出た。

遅くなってしまったから、きっともう近隣の店のランチタイムは終わっているはず。

今日は社食でいいかと考えながら廊下を歩く。

毎月のことだけど、やっぱり月末月初は疲れる。細かい数字が並ぶ資料やデータを長時間見ていたせいか、目の奥が痛くなってきた。

凝り固まった首を回しながらエレベーターを待ち、到着を知らせる表示灯が点滅した方へ足を向ける。ドアが開いて一歩踏み出した瞬間、中にいた副社長と目が合って、つい動きを止めてしまった。

「乗らないんですか？」

「し、失礼します……」

他に乗り合わせている社員はおらず、外の景色が見える透明のエレベーターは沈黙を乗せて下降していく。

昨日といい今日といい、どうしてこんなに偶然が重なるのか。副社長とは、入社してからずっと顔を合わせることもなかったのに。

沈黙が気まずくて、階数表示を見るついでに副社長を視界の端で捉えた。そして思わず悲鳴をあげそうになって、口を押さえる。

副社長が壁にもたれて、私を見つめていたのだ。

「昨日は遅かったのか？」

「……はい。あれからまだ業務が残っていたので」

「何時に帰ったんだ？」

「二十三時過ぎです」

「そうか」

代理で領収書を差し替えに行ってきたのに、今日になっても労いのひと言すらない。経理なのだから当然だと言われたらそれまでだし、私なんかに副社長が気を使うことはないだろうけど……と、不服が表情に出そうになる。

「あの……ああいうお店って、楽しいんですか？」

「君と話すよりは、有意義ではあるだろうな」

私なりに気を使って話しかけただけなのに、彼は表情を変えずに冷たい答えしかくれなかった。

社員食堂のある三階にエレベーターが到着すると、副社長も一緒に降りてきた。

「副社長もこれからランチですか？」

「私はもう済ませた」

「そうですか。それでは、失礼いたします」

食堂と反対側にある喫煙室か休憩室にでも行くのだろう。副社長が社員食堂にいるところなんて見たことがないし、そんなことがあれば女子社員が群がるように集まって収拾がつかなくなりそうだ。

「Cセットください」

「はいよー」

コックコートを着たおばちゃんが威勢よく返事をしてくれた。

見渡せば、この時間にランチを取っている人はいなくて、静かに食事ができそうだ。トレイにのせられた牛丼の並盛と味噌汁、お新香を適当なテーブルに運んで席に着く。

うちの社食はテレビでも取り上げられるくらい美味しいと評判だけど、本当に食べたかった日替わりメニューはとっくに売り切れていた。

「お疲れ様です」

来るはずはないと思っていたのに、副社長が食堂に入ってきて思わず視線を向ける。

「いつも健康を気遣った大変美味しい食事を作ってくださっているので、差し入れです。これからもお願いします」

「ありがとうございます！」

大きな口で牛丼を頬張っていると、副社長が食堂のおばちゃんに差し入れをしているのが見えた。

私には労いの言葉すらかけてくれないのに、おばちゃんには差し入れですか。しかも、その高級スイーツ店のシュークリームは、私も好物なのに。

腑《ふ》に落ちないまま、トレイの横に置いた携帯でネットニュースをチェックしていると、予約していた新刊が入荷したと書店から電話が入り、今日の帰りに寄ると返事をした。

待ちに待った新刊は、秋に映画化される作品の原作本だ。週末の楽しみが増えた喜びで、副社長が労ってくれないことなんて一気に吹き飛んでいく。

「明日は予定がありますか？」

「っ……はい⁉」

とっくにいなくなっていると思っていたのに、私のもとへ副社長がやってきて突然話しかけてきたから、持っていた味噌汁の椀《わん》を落としそうになった。

「特になにも予定していないだろうから、十八時に正面玄関で待っているように」

「あのっ」

テーブルの向こうから、座っている私を見下ろす長身と突き刺さる視線に、わずかに身を引く。

「……特別な約束はないんだろう？」

確かに、明日の金曜は経理業務もひと通り終わって気持ちも軽くなるのに、誰とも約束はない。だからって、なんで副社長に決めつけられなくちゃいけないの⁉

ムッとしていると彼のため息が聞こえてきて、背筋が凍る。

「分かったなら返事をしなさい。金曜十八時、正面玄関だ。いいな」

「……かしこまりました」

「それと、明日はもうちょっと気を使った服装で出勤するように。念のためだ」

そう付け足すと、副社長は食堂から出ていった。

気を使った服装って、どんな感じ？　社内の華やかな女子社員たちが着ているような服は持ってないし……。香川さんみたいに、スカートを穿けば許されるかな。

副社長の意図は分からないけど、命令に背くわけにはいかない。

憂鬱《ゆううつ》に思いながら、本当にこのところツイてないと、深いため息をついた。


普段は袖を通さない淡いブルーのワンピースは、裾がフレアになっていて綺麗だけど、どうも居心地が悪い。前に着たのは一年前の親戚の結婚式の時で、会社に来るにはちょっと上品な気もするけど、これ以外に〝気を使った服〟は持っていなかった。

「あれ？　深里さん、今日はワンピースなんですね！　すごく似合ってますよ」

「あ、えっと……ちょっと用があって、どうしてもこんな格好をしないといけなくなってしまって」

私の後に出社してきた香川さんは、すぐに気づいて褒めてくれたけれど、まさか副社長に命じられたからだなんて言えず、適当な理由も浮かばなくてあたふたしてしまった。

「今日は金曜ですもんね。デート、楽しんできてくださいね」

「あ……あの、そうじゃなくて」

否定しようとする私を置き去りに、彼女は他の同僚と話し出してしまった。

始業時間になるとスイッチが入ったように気持ちが切り替わり、ひたすら業務に邁《まい》進《しん》する。今日中に終わらせなくてはいけないものから順に片付け、会議では苦手な数字とも必死で向き合い、無事に終業時間を迎えた。

こんなに気が重い金曜の夜は久しぶり。思い起こせば、四年前の入社直後に強制的に参加させられた新入社員歓迎会以来だ。

私は同期の中でも群を抜いて地味だし、みんなのように社交的でもない。だから今日まで経理室の同僚とだけ必要最低限の狭い付き合いをしてきたし、社内の飲み会のお誘いすら一度もなかった。それなのに、よりによって今夜は副社長と約束することになるなんて……。

十八時の正面玄関は外出先から帰社したり、終業して帰宅の途につく社員の往来が多い。私みたいな地味系女子が立っているだけでも不思議そうな目を向けられてしまい、視線を落として普段は使わない真っ白なハンドバッグを見つめた。

「お疲れ様」

「あっ……お疲れ様です」

時間通りに背後から現れた副社長に声をかけられ、思わず肩が竦む。そんな私の横を通り過ぎる女子社員が、彼を見かけただけで嬉々として帰っていった。

「どうした？　早く来なさい」

「………」

歩き出した副社長の背中を見つめていると、彼は足を止めて振り返った。

どうしたもこうしたも、副社長に話しかけられているだけで、一気に周囲の視線を集めてしまっているのだ。こんな状況で連れ立って歩こうものなら騒ぎになるのではないかと、一歩も踏み出せずにいるだけ。

「あの、どうして私をお呼び出しになったのでしょうか？」

片眉を歪ませた副社長の不機嫌で圧のある瞳に見つめられ、一層身を縮める。

「ここでお話していただけるのでしたら、助かるのですが」

「私に立ち話をしろと？　いい度胸だ」

眉間に深い皺を刻んだ彼が、お構いなしに私の手を引く。

「あっ、あのっ！」

周囲には、そんな私たちを驚いたように見ている社員が大勢いる。来週から、全女子社員の目の敵《かたき》にされるのではないかと思うと、背筋が凍っていくようだ。

「副社長、待ってくださいっ！」

手を離してほしくて声をかけるも空しく、彼は車寄せの方へ進んでいく。

今頃、目撃した女子社員たちが騒ぎ始めているかもしれない。私みたいな地味で目立たない女の手を引いて、副社長が歩くだけで大ごとだろう。

「銀座まで」

「かしこまりました」

黒塗りのハイヤーに押し込まれるように乗り、副社長が告げた行先にぎょっとする。

「あの」

「さっきからなんだ。文句は聞かないぞ」

「どちらに向かわれるのでしょうか」

「たった今、銀座と言ったのが聞こえなかったか」

「聞こえましたが」

面倒そうに息をついた副社長には、それ以上問いかけられなかった。

なぜ私が、金曜の夜に銀座へ連れていかれるのかと理由を考えてみる。

気を使った服装をしてくるように言ったのは、行き先に合わせたのだろう。だけど、どうして私と銀座へ……？

彼の言動は想像を超えてしまっていて、それ以上はなにも浮かばなかった。

「その交差点を入ったところで停めてください」

　副社長に指示された場所でハイヤーが停車すると、彼が先に降りて、私も続いた。

　先日と同じように、今夜もネオンが煌《きら》びやかだ。行き交う人も洗練されているし、仕事終わりの社会人は明るい顔をしている。だけど、どう考えても私のような地味女子が来る場所ではない。

「腹減っただろう」

「はい」

「鮨《すし》でいいか」

「え、あ、はい……」

　まさか食事の誘いだったとは思いもせず、唖然としながらも彼の背中を追う。

　副社長は銀座の街を歩き慣れているようだ。歩くだけで人目を引き、雰囲気があって堂々としている。

　ほどなくすると、いかにも老舗といった土壁の店舗が見えてきた。入口にはグルメに疎《うと》い私でも知っている名の通った店名が照明に浮かび上がっていて、気後れする。

「こんばんは」

「いらっしゃいませ。ご案内いたしますので、どうぞ奥へ」

　副社長が引き戸を開けると、出迎えた和装の女将《おかみ》が彼の顔を見ただけで案内を始めた。

「そんなに緊張しなくても、鮨は食えるから安心しろ」

「……はい」

消え入りそうな声で返事をすると、突然彼が立ち止まった。

「カウンターがいいか？　個室もあるし、どこでも構わないが」

「副社長にお任せいたします」

「そうか、じゃあ個室で」

個室ですか……。

副社長とふたりきりで個室にこもるなんて、すでに息の根を止められたようで苦しくなってきた。こんなに緊張する外食が今まであったかと思い返す。

個室で向かい合わせに座り、注文も彼にお任せして、沈黙に耐えきれず出されたお茶をひたすら飲んでやり過ごすこと数分。女将と女性店員がやってきて、座卓に突出《つきだ》しと刺身を並べた。

「本日の鮨懐石でございます。順にお持ちしますので、どうぞお楽しみください」

「ありがとうございます。帰りに握りを十人前持っていきたいのですが可能ですか？」

「かしこまりました。お帰りに合わせてご用意いたします」

丁寧に指をついた女将と店員が下がった。

「……食べないのか？」

「いただきます」

見るからに高級な突出しと刺身に目が泳ぐ。だけど、空腹の誘惑には耐えられず箸をつけた。

「んー‼　美味しいっ‼」

「そうか、それはよかった」

あまりの美味しさに目を丸くする。だけど、副社長は同じものを食べているのに無表情だ。ふたりの温度差を感じつつも、私は鯵《あじ》や穴子に舌鼓《したつづみ》を打った。

「副社長、美味しいですね！　こんな美味しいお刺身、生まれて初めて食べました！」

「あぁ、そうだな。いつも通りだ」

「いつも？」

「ここには幼い頃からよく来ていたし、今でも月に数回来るから、別に珍しくはない。……早く食べなさい。焼物と椀と握りも順に来るからな」

庶民と御曹司の生活は、なにからなにまで別世界なのだと思い知る。

こんなに高級で居心地のいいお店は、私にとっては一生に一度レベルだと思っていたのに。

――二時間後。

食べすぎたおかげでお腹はパンパンだ。高級店のおもてなしに心から満足したし、本当に頬が落ちてしまったのではないかと思うほど、とても美味しかった。

「ご馳走様でした。今日も大変美味しくいただきました」

副社長が個室の上がり口で待っている女将にお礼を言ったので、私も合わせて頭を下げた。

「いつもありがとうございます。こちら、お土産の握りでございます。お帰りはお車でいらっしゃいますか？」

「いえ、少し腹ごなしに歩きますので、大丈夫です。また伺います」

店の外まで見送ってくれた女将と副社長のやり取りを眺め、彼に続いてお辞儀をして店を後にした。

「ご馳走になってすみません。とても美味しかったです」

「それはよかった。もう一軒、付き合ってくれるか？」

「かしこまりました」

あんないいお鮨をご馳走になった後では、どんな指示でも聞いてしまうほど私は上機嫌だ。きっとこれは、先日の一件を労ってくれているのかもしれないと、副社長の言動にようやく理解の兆しが見えてきた。

少し歩くとネオン街に足を踏み入れていて、またしても私は歩幅を狭くする。

夜の世界は馴染める気がしない。先日門前払いされそうになったことを思い出して、高級鮨を食べて浮かれていた気持ちがトーンダウンしていくのを感じた。

「早く来なさい」

「はい……」

それなのに、副社長に続いて入ったのはｃｌｕｂ 藍花で、出迎えた黒服の店員は彼の姿を見るなり、柔和な微笑みを浮かべ、丁寧なお辞儀とともに挨拶をした。

「こんばんは。これ、よかったら皆さんでどうぞ。生ものなのでお早めに」

「お気遣いありがとうございます。本日、お席とご指名はいかがされますか？」

「いつもと同じでいいですよ。先にうちの社員は来ていますか？」

「はい、お待ちになられています」

どうぞ、と言われて煌びやかな世界へと歩を進める。

天井にはひと際大きなシャンデリアが輝き、高級そうな絨毯はワイン色で、雲の上を歩いているみたいにふかふかだ。店の奥にはグランドピアノが置いてあり、ピアニストの生演奏の音色は耳触りがいい。そして、綺麗に着飾った女性たちが姿勢よく上品に働いていた。

副社長がやってくるなり、若手から部長クラスと思われる五名の男性社員が全員揃って立ち上がり、彼に一礼した。

「お疲れ様です」

「待たせて悪かったね。今夜は私に気を使わず、楽しく過ごしてください」

通された席は絨毯の色が漆黒で、ソファやテーブルのサイズも他の席より大きい。席を区切っているガラスのパーティションには【ＶＩＰ】の文字が刻まれた金のプレートがあって、さらに緊張が煽《あお》られる。

副社長がソファの真ん中に座り、私はどこに座ればいいのかと迷っていると、彼が自分の右隣に座るように目線を送ってきた。

「私が隣でいいのでしょうか」

「他にどこに座る気だ？」

「失礼いたします……」

黒服が円卓にタグのかかったボトルやグラスを素早く揃え終わると、先日話した女性がやってきた。

今夜は、長い脚や背中が透けて見えるシースルー地の黒いドレス姿で、とても色気がある。それに肌もキラキラしていて、近づくと香水のいい匂いがした。

「御門さん、こんばんは。今夜は皆さんで来ていただけて嬉しいです」

「こんばんは。今夜は、うちの社員をもてなしてくれないか。彼らのおかげで大きな案件が成功したから、特別に労をねぎらいたいんだ」

「かしこまりました」

素直に身を引いて、他の社員の間に座った彼女は、私に冷たい視線を一瞬だけ向けた気がした。

副社長は乾杯を済ませると、隣にいる男性社員と話し出してしまい、私は一杯の値段が高そうなグラスビールに口をつけ、黙って話に耳を傾ける。

三十分ほど経つと、店は大賑わいだ。出入りする客層も上品な人たちばかりだし、テレビで見たことのある大物芸能人もやってきて、凝視してしまった。

副社長がおもむろに手を挙げると、近くにいた黒服が近寄ってきて膝を折った。

「御門様、いかがされましたか」

「今日は、総支配人はいらっしゃってますか？　話がしたいのですが」

「ただいまお呼びいたしますので、お待ちください」

どんなに時間が経っても副社長は少しも笑わない。いつもこんなふうに過ごしているのかなぁ。周りの客は誰もが笑顔で、お酒を飲んで陽気にしているのに……。

「副社長は、このお店によくいらっしゃるんですか？」

「そんなことを知ってどうする？　君に話す必要はない」

やっぱり副社長は苦手だ。ちょっと世間話でもしようと思っただけなのに……。

冷たい視線で私を一瞥した彼は、周りの客に挨拶しながらやってきた男性に姿勢を正した。

「御門様、ようこそいらっしゃいました。本日もどうぞごゆっくりとお寛ぎください」

少し恰幅《かっぷく》がよく、ダブルのスーツを着た五十代くらいの男性が副社長の前で一礼する。

「総支配人、今日はうちの社員もいるので、少し賑やかですがお許しください」

「大丈夫ですよ、こちらも活気のある雰囲気になりますから、ありがたい限りです。

少しの間、ご一緒させていただいていいですか？」

「もちろんです」

副社長の斜め前にスツールを置いた総支配人は、黒服にグラスを持ってくるよう指示をして、副社長に向き直った。

「今日はかわいらしい社員さんもご一緒なんですね」

「は、はじめまして……御門建設の深里と申します」

慌ててハンドバッグから名刺を取り出そうとすると、副社長に止められてしまい、触れられた手にドキッと鼓動が跳ねた。

「ところで、藍花さんはいつから服装や外見だけで人を品定めされるようになったのですか?」

淡々とした口調で話題を替えた副社長は、力のある視線で総支配人をまっすぐ見つめている。

「……すみません、ご質問の意味が分かりかねます」

総支配人は、神妙な面持ちで副社長に向き直る。

「先日、この女性が開店前にこちらにお邪魔したのですが、御門の者だと申してもすぐに信じていただけなかったようでして。それに、勤務希望なのか問われたと報告を受けております」

「大変失礼いたしました。今後はそのようなことのないよう、しっかり指導いたします」

「あっ、いえ……私は気にしていないので」

副社長の怒りを受け止めた支配人の返事に、横入りせずにはいられなかった。

確かに副社長の言う通りの対応をされたけど、それは私が場違いな服装をしていたからで……。

「御門で働いている社員は、私の大切な財産であり同志です。彼らに対して、そのような振る舞いをすることは黙認できません」

怒り心頭の様子で、副社長は声を一段と低くして話す。

隣にいる私まで怒られているようで、思わず震え上がり身を縮めた。

「それから君も。私が来店したと軽々しく漏らすなんて信用ならない。それに、隣に座れないくらいで機嫌を悪くするようでは、私の相手は無理だ。今日限りで指名は変えるからそのつもりで」

黒いドレスの女性にも淡々と告げた彼は、注がれたブランデーを少量含んだ。

総支配人が深々と詫び、席を立った。叱られた女性も気を取り直して接客しているけれど、笑顔が引きつっているように見える。

「……ふ、副社長。私は、本当に気にしていませんので」

私が構わないと言えば、この場が丸く収まって雰囲気も戻ると思ったのに、彼の眉間の皺と不機嫌さは変わらない。

「大切な社員がぞんざいに扱われて憤慨するのは当然だ。それに、私が連れる女が丁重に扱われないのは、御門の名に傷がつく」

「……女？」

副社長が私を〝女〟と括《くく》ったのが意外すぎて、きょとんとしてしまった。

「そうだ。だから、私なりに丁重に扱っているつもりだが」

「……丁重に、ですか」

「なんだ、文句でもあるのか？」

「ありません。でも……私は、副社長の女なのでしょうか？」

そう尋ねると、今度は副社長の目が点になり、私を数秒見つめ返してきた後、破顔《はがん》した。

「私の女になりたいなら、それなりに魅力を磨け」

ついさっきまでの剣幕が嘘のように、今は目を細めて曇りのない笑顔を見せている。同席している男性社員たちの表情にも安堵がうかがえた。

それから帰るまでの時間、副社長はいつになく上機嫌に見えた。

──翌週、月曜。

お礼をするために、出社してすぐに経理室を出て、副社長室へ向かった。

高級鮨店に、高級クラブ。いかにも大物が通いそうな雰囲気にのまれたけれど、人生のいい経験にはなったと思い返す。

「おはようございます。副社長は出勤されていますか？」

「おいでになられています。どうぞ」

秘書室を覗くと、領収書の件で対応してくれた秘書がいて、すぐに通してくれた。

だけど、副社長室のドアを開けるのは緊張してしまい、深呼吸を数回繰り返してからノックをした。

間もなく「どうぞ」と返されてゆっくり開ける。すると、窓辺に立ってコーヒーを飲んでいる副社長と目が合った。

「おはようございます。経理室の深里です」

「おはよう。また経理書類に不備でもあったか？」

「いいえ、金曜の夜のお礼に伺いました。とても美味しいお食事をありがとうございました」

感情の見えない冷静な表情を崩さず、にこりと微笑むこともない彼は、立派なハイバックのデスクチェアに腰かけた。

「別に礼なんていい」

「そういうわけには……。それから、あのようなお店に行くこともないので、貴重な経験になりました」

「遅くまで付き合わせてすまなかったな。無事に帰れたか？」

「はい」

用が済んだら戻れと言いたそうな副社長の冷たい視線に晒されつつ、脳裏に浮かぶのは、あの夜私に向けてくれた彼の笑顔。冷徹なイメージしかなかったのに、思い切り目を細めてキラキラとした笑顔を見せてくれた。

労いで食事をご馳走してくれたことや、私のために怒ってくれたことを思い出すと、冷たくて無慈悲なだけじゃないという気がしていた。それに〝プライドがエベレストよりも高い〟と言われながらも、社員の人望や人気を集めているのは、彼の優しくも熱い一面を知っている社員が多いからではないかと思えてくる。

「あの……」

「なんだ」

「突然こんなことを伺うのは失礼だと思うのですが、教えていただきたいことがあります」

片眉をわずかに上げて、私に続きを促すような表情をした彼は、やっぱり少し怖いけど……。

「先日、魅力を磨くよう仰ってくださったのですが、覚えていらっしゃいますか？」

「あぁ……確かそんなことも言ったな」

「私の魅力ってなんですか？」

「なにかと思えば……」

呆れたような声を出した彼はゆっくりと腰を上げ、デスクの周りを歩いて私の目の前に立った。

「気づいたんです。私、自分の魅力を知らないんだって。教えていただけないでしょうか。副社長はご存知だから、そう言ってくださったんですよね？」

「あ、いや……そうだな」

彼にしては歯切れの悪い返事が返ってきた。

てっきり、『そんなの知るか』と怒られて、部屋を追い出されると思っていたのに。

「とりあえず、髪でも巻いてみたらどうだ？　それとメイクの勉強もして、女らしく」

「女らしく、ですか……」

外見も内面も自分らしくいようと思ってきたけれど、女性らしくすることも大切なのは分かっていた。実際、銀座のお店では身なりのせいで追い返されかけたし、結果的に副社長にも不愉快な思いをさせてしまったのは事実だ。そろそろ社会人として最低限の身だしなみを整えて、お洒落にも気を配る必要があるのかもしれない。

もしかして、それを気づかせるために、副社長は魅力を磨くように言ってくれたのかな……。

「経理室はそろそろ始業時間だろう。用が済んだら戻りなさい」

「ありがとうございました。失礼いたします」

始業まであと五分。席にいないとまたお局の先輩が口うるさそうだ。

下降するエレベーターの中でひとり、思い切り息をついた。

副社長は、初めて話した時に比べれば話しやすい感じはしたけど、やっぱり冷たそうで苦手だ。でも、私なんかのために銀座のお店で怒ってくれたのは意外だったし、あんな笑顔を見せられるとは思ってなかったから、しばらくは忘れられそうにない。

途中階でエレベーターが止まり、操作盤の横の壁にもたれていた私は姿勢を瞬時に正した。

「あれ？　おはよう、深里さん」

「おはようございますっ!!」

月曜の朝から倉沢さんに会えるなんて、今週は幸先がいい。

グレーのYシャツの袖をまくって、資料を片手に乗ってきた彼は朝から忙しそうだ。

「もう朝からバタバタで参ったよ。深里さんに会えたからちょっと癒《いや》されたけど、これから急に客先が来るっていうから」

「大変ですね」

「本当、いきなり来るとか勘弁してって感じ」

わざとしかめっ面をしてから笑った彼に、胸の奥がギュッと締めつけられる。

副社長に言われた通り、女性らしくしたら、倉沢さんはどう思うのかな……。

「倉沢さん」

「はい」

なにか話したくて呼びかけたものの、話題が見つかっていない私は妙な間を取ってしまった。

「えっと……わ、私って癒し系なんですか？」

「うん、俺にとってはね」

再び笑顔を見せた彼に完全に心を奪われつつ、ドキドキする鼓動の音が聞こえてしまわないかと平静を装う。

「今度またなにかあったら言ってください。私も、倉沢さんのお役に立ちたいので」

「ありがとう。経理室さんに迷惑はかけたくないんだけど、もしなにかあったらお願いしようかな。……じゃあ、また」

ずっとエレベーターに乗っていたかったと思いつつ、先に到着してしまった経理室の階で降りた。

倉沢さんにとって、私は癒し系……。

彼の中で、私の存在に意味があると知ったら、自分の魅力を磨くことにも意味を持てた気がして、なんだか前向きになれた。

「深里さん、これも違う。こっちも」

「すみません！　すぐやります」

「しっかりして」

「はい……」

先週の金曜、私なりに懸命にこなした経理業務が差し戻された。

見てみれば、営業部からしれっと回された支払対応の件だった。先月末に先方へ支払を完了する予定が、部に割り当てられた予算の都合上、次月に繰り越されてしまったのだ。もちろん先方への了解は得られているけれど、営業部の社内手続きが遅れているせいで、先にこちらへ回ってきたのだろう。

私の責任ではないとはいえ、つい自席で身を縮めてパソコンに向かう。良くも悪くも、あまり目立つのは得意じゃない。

「深里さん」

「はい」

並びに座っている香川さんに話しかけられ、同じように小声で返事をする。

「今日、社内はあなたの話で持ちきりだから、気を付けた方がいいかも。先輩もそれでイライラしてるみたい」

「私ですか？　どうしてでしょう？」

お局の先輩をイライラさせてしまうようなことがあるとしたら、仕事のことだけだと思っていたのに。

「先週、副社長とデートしたんでしょ？　しかも堂々と手も繋がれてハイヤーに乗ったって噂になってるの。私は倉沢さん派だからいいけど、副社長となると敵がもっと多いから、本当に気を付けた方がいいわよ」

「あ、あれは、そういうのじゃなくて」

ひそひそと話していると、お局の先輩がわざとらしく咳払いをしてきて、私たちは離れた。

すっかり忘れていた。そういえば、先週副社長が大胆にもあんなことをしたから、社内の人の視線や興味を引きつけてしまったんだった。

倉沢さんの耳にも入ってるのかなぁ。さっきは普通に話してくれたし、知らずにいてくれるならその方がいいけれど……。

結局、それからは経理室で仕事をしていても、食堂の隅でひっそりランチを取っていても、女子社員たちから好奇の視線を向けられて居心地は最悪だった。

直接事の真相を尋ねてくる人はいなかったけれど、間違いなく望まぬ形で私の存在が知れ渡っていくのは止められそうになかった。

冷たさの裏側

翌朝、身だしなみを整えるために、いつもより三十分早く起きた。

昨日の仕事帰りに、電気量販店で買ったヘアアイロンで髪を巻いてみる。慣れていなくてぎこちないけど、胸下まである黒髪が内巻きになるだけで、印象が変わった。

それから、いつもはファンデーションを塗る程度で済ませるメイクも、ブラウンと淡いピンク系のアイシャドウでまぶたを色づけ、アイラインも細く引いてから、マスカラも塗ってみた。瓶底と言われている分厚い眼鏡も外し、コンタクトレンズを装着したら、もとの二重が強調されて瞳が大きくなったような気がする。

服も、昨日買ったばかりのものに袖を通す。サックス色のシャツワンピースとウエストをマークするベルトは、あまり派手にならないように選んだつもり。店員に薦められて一緒に買ったボーダー柄のカーディガンは、空調対策で肩にかけるとお洒落に見えると教えてもらったから、早速実践してみようと思う。

家を出る前に、姿見に映る自分を見たら心が弾み、これで倉沢さんも私に少し興味をもってくれたらいいと願った。

「深里さんっ‼」

出社して自席に座っていると、香川さんがやってくるなり、慌てた様子で話しかけてきた。

「あ、おはようございます。今日も暑いですね」

「なんで今日に限って、そんなお洒落してきたの？　昨日あれだけ注意してって言ったのに」

香川さんはかわいらしい上に親切でいい人だ。純粋に私を心配してくれているのが伝わってくる。だけど、本当に副社長とはなにもないわけで……。

「ちょっと気が向いただけです」

「副社長と特別な関係になったから色気づいたんじゃないかって、先週の一件を目撃してた人からどんどん話が回ってるみたいだよ」

「大丈夫ですよ。そのうち噂なんて消えます」

噂なんて次から次へと出回るもの。特にうちみたいな大きな会社だと、誰と誰が付き合ってるとか、ゴシップのような噂は日常的に耳に入る。

「それに、倉沢さんもさっき聞いたみたいで、私に真偽のほどを確かめてきたくらい

に困る。

「彼には、違うみたいだって言っておいたよ」

否定してくれた彼女にお礼を伝えたものの、倉沢さんに知られてしまったのは非常

「く、倉沢さんもご存じなんですか⁉」

なんだから」

せっかく自分を磨こうとしたのに、これじゃ逆効果。倉沢さんに興味を持ってもらうどころか、副社長と噂になってしまっては元も子もない。

副社長は知っているのかな……。でも、いつも多忙で、噂なんて気にしていられないだろうし、そもそも彼は他人のことに興味を持ったりしなさそうだ。

タイミングが悪かったと思いつつも、他の女子社員と同じように社会人としての身だしなみを整えているだけなのだから、ここでやめてしまうのも違うと思い、少しずつ変えていこうと決意した。

八月の日差しは強烈だ。ランチタイムで外に出るのを迷ったけれど、社員食堂に行ったら好奇の視線を集めてしまうのは目に見えている。

「あっつ……」

ランチ用の小さなトートバッグを手に、近場の蕎麦《そば》屋まで日陰のない会社前の大通りに出ると、燦々《さんさん》と照りつける太陽にめまいがしそうだ。

「ほら、あの人だよ。副社長の」

「例の？　副社長って意外とああいう地味っぽい子が好きなのかな」

噂は予想以上の速さで社内を駆け巡っているようだ。

経理室の隅で特別目立つことなく過ごしてきたのに、こんなことで噂の的になってしまうなんて……。

深いため息をついて蕎麦屋の暖簾《のれん》をくぐり、空いている席に座った。

「ここ、美味しいよね」

「……!?　倉沢さん!!」

隣の席からにこやかに声をかけてくれた彼を見るなり、落ち込んでいた気持ちが軽くなる。そして、昨日までとは違う私で会うのは初めてで、気恥ずかしくて俯いてしまった。

「深里さんはなに蕎麦にするの？　ちなみに俺は鰻《うなぎ》とろろ蕎麦にしたけど」

先に来ていた彼は、箸を置いてメニューを渡してくれた。

「あ、えっと……天ぷら蕎麦にしようかなと」

「店員さん、注文いいですか?」

倉沢さんが気を利かせて店員を呼んでくれて、スムーズに注文ができた。

「ありがとうございます」

「いえいえ。なんか元気なさそうだからさ」

「……そんなことないですよ」

副社長との噂の一件はあるけど、こうして倉沢さんとばったり遭遇《そうぐう》できたのはとても嬉しい。

「あれでしょ? 副社長と噂されてるから」

「うっ……」

オブラートに包むことなく、あっけらかんと言われて言葉に詰まった。それも一番知られたくない彼の口から聞くと、失恋のフラグが迫ってくるよう。

だけど、倉沢さんは私の動揺を気にせず、美味しそうに蕎麦を啜っている。

「倉沢さんは、噂を信じているんですか?」

「信じてはいないけど、深里さんの口から、本当のことを知りたい」

「……どうしてですか?」

倉沢さんの意味深な言葉にドキッとした。

もしかして、私に興味を持ってくれるから、そんなことを？　なんて、あるわけないか。だって、彼は私みたいな地味な子を選ぶはずがないし……。

「話しかけるのも気を使うから。だって、相手は副社長でしょ？」

「そう、ですよね……」

勝手に期待して落ち込む私を、倉沢さんは心配そうに見つめている。

私にとっては、倉沢さんと話せるのが毎日の楽しみでもあったけど、彼にとってはどうってことないんだろうな……。

店員が運んできた天ぷら蕎麦に両手を合わせて、箸をつけた。

「今日、いつもとなんか違うし……やっぱり噂は本当だったりするの？」

「違うって分かりますか!?」

「分かるよ。かわいい感じ」

かわいいと言われて、頬がぽっと熱を持つ。

倉沢さんに褒めてもらえたらいいと願っていたことが叶って、笑みがこぼれた。

「やっぱり、副社長の彼女になったから？」

「違います‼　これは……」

じっと見つめられたら、視線を逸らすことすらできなくなる。ドキドキする胸の内を隠そうとすればするほど、ちょうどいい答えが出てこない。

「ふ、副社長とはなんでもないんです」

「そっか。まぁ、副社長と出かけること自体すごいことだけど、特別な関係じゃないなら今まで通りよろしくね」

「はい……」

残りの蕎麦を食べ進め、先に店を出ていった彼の背中を見送った。

こんなふうに業務以外の話をするのは初めてだ。

これって、今までより少しは進展したのかな。私のこと、ちょっとは気に留めてくれるようになったかな……。

恋愛に不慣れな私にとって、ランチタイムの一時間はあっという間で、十四時の街を速足で歩いて社に戻った。


少し歩いただけで汗ばみ、一階のエントランスホールでエレベーターを待つ間にシャツワンピースの胸元をつまんで扇ぐ。

「女らしくするんじゃなかったのか？」

「っ‼」

副社長が、私の背後から現れて息をのんだ。

左右に三基ずつ、計六基設けられているエレベーターの前には数人の社員が並んでいるけれど、運よく私の列には他に誰もいない。

「暑いのは仕方ないが、メイクが溶けているのは見るに堪えないな」

「……これから直すところです」

「そうか」

これ以上話していたら、もっと噂を立てられるだけだと思って、私は黙ることにした。

乗り込んだエレベーターの中でも無言を貫く。私の方が先に降りるから、あと少し黙っていれば済むだろう。

「昼はなにを食べてきた?」

それなのに、副社長にしては珍しく世間話をしてきたので、驚いてしまった。

「……お、お蕎麦です」

「うまかったか?」

「はい。それなりに」

私が副社長の方へ顔を向けても、彼はスラックスのポケットに両手を入れたまま真正面を見つめて微動だにしない。

副社長の耳には、噂なんて入っていないのかもしれない。だから、こんなに普通にしていられるんだろう。

「お先に失礼します」

経理室がある十七階でドアが開き、一礼して降りようとしたら、到着を待っていた他の社員の存在に気づき、私は俯いてそそくさとその場を後にした。

こんな居心地の悪さは、生まれて初めてだ。学生時代も目立たぬように過ごしてきたし、就職してからも大きな波もなく平坦な時間を繰り返してきたのに。

「深里さん、ちょうどよかった。これ再確認して対応をお願いね」

「あ、はい」

経理室に入るなり、つい先日完了した領収書の束を先輩に渡され、デスクに置く。

データ上で詳細は入力してあっても、領収書の原本だけはしっかりと管理しておく必要がある。ファイリングする前に、日付や割印、経理担当者の印に漏れがないか再々確認するのだ。ランチ終わりの満たされた状態では眠くなりそうだけど、こういう地味な作業は意外と嫌いじゃない。

……あ、倉沢さんのだ。

彼が提出してきたものを見つけるだけで嬉しくなる。

印漏れなんかがあったら、構造設計グループに行って話せるんだけどなぁ。

人のミスに期待しちゃいけないと分かっていても、接点を増やしたくてつい探してしまった。

証憑となる領収書が貼りつけられた提出用紙を一枚ずつめくって確認していく。

部署ごとにまとめて渡されていたから、構造設計グループの終わりがきて、集中が少し途切れてしまった。

飲みかけの炭酸水で喉を潤すついでに、経理室内に目を配る。

室長は面倒な案件を依頼されているのか、別の部署の人と難しい顔をして話している。お局の先輩は、新入社員の男の子に懇切丁寧に業務を教えてあげているようだ。

次の束に取りかかろうと、デスクの左に置いておいた書類を目の前に引き寄せる。

役職者の分は、一枚一枚の桁が大きくなる。長い数字の並びは空目してしまいそうになるけれど、気を引き締めて取り組んだ。

数枚めくったところで、割印の陰影が薄く、はっきり読み取れないものが出てきた。

問題なしと判断されたから、経理室内でもデータを通されたのかもしれないけど、念のため再押印してもらった方がよさそうだ。

申請者を確認して、手が止まってしまう。

副社長の領収書を扱うのは、これで二度目。そして、このデータ処理を担当した同僚は、今日に限って有給休暇を取っている。

先輩から直々に任されたのは私だから、他の誰かに頼もうものなら睨まれそうだ。

「ちょっと出てきます」

「はーい」

香川さんに呑気な返事を返され、私はゆっくりと深く鼻から息をついて、席を立った。

今日こそは副社長の秘書に対応してもらおう。代わりに副社長から再押印をもらってくれるだけでいい。とにかく接点をなくしていかないと、噂は消えてくれそうにない。

副社長室のある三十四階、秘書室へ直行してドアをノックした。

「副社長付きの秘書の方はいらっしゃいますか？　経理室の深里です」

「今日から産休に入っております。ご用件はなんでしょうか？」

前にも対応してくれた女性秘書は、いつになく冷たくて高圧的な態度だ。どうしてなのかなんて考えなくても、きっと噂のせいだろうと察した。

「領収書の割印をいただきたいのですが」

「お急ぎでしょうか？」

「はい、今すぐご対応いただけますか」

明日でも明後日でもいいけど、何度もここに来るのは避けたい。それに早く業務を片付けたいのもある。

「それでしたら、ご自分でどうぞ。副社長はお席にいらっしゃるはずですので」

明らかに作り笑顔と分かる冷ややかな表情を残して、ドアを閉められた。

……気が重い。秘書まで噂が回っているなら、きっと副社長の耳にも入っているだろう。

自分の影を引きずるように歩き、副社長室の前に佇む。明かりが漏れているドアをノックしたら、「どうぞ」と返されて、もう一度深く息をついた。

「失礼いたします」

「……君か。どうした？」

書類を手にしていた副社長はリムレスの眼鏡をかけていて、今まで見てきた雰囲気と違っている。

私は一礼してから、彼のデスクに領収書を置いた。

「お手数をおかけして申し訳ないのですが、割印の陰影が薄いので再押印いただけないでしょうか」

私の申し出に彼はなにも言わず、袖机から印鑑を取り出し、丁寧に押してくれた。

「……これでいいか？」

「大丈夫です。ありがとうございました」

くっきりと押された印を確認して、去ろうと身体を反転させた。

「待て」

「……はい？」

引き止められて顔を戻すと、副社長が私を見つめていた。

「それでメイクを直したつもりか？」

副社長が小さく手招きして私を呼び寄せている。だけど、これ以上はデスクがあって近づけそうにない。

「顔、よこせ」

気持ち程度に近づけたら、顎先を引き寄せられて一気に距離が縮まった。

「っ⁉」

「これくらいまともにつけなさい」

副社長が親指で私の下唇の淵をなぞる。

グロスのはみ出しに気づかなかった恥ずかしさと、彼に触れられている動揺で、一瞬にして顔が熱を帯びた。

「もしかして、男の経験ないのか？」

「っ……あ、ありますっ‼　それくらい」

片方の口角を上げて意地悪に微笑む彼は、私の顔から手を離すと、袖机からティッシュを出してグロスがついた指先を拭った。

本当を言うと、経験は皆無に近い。高校生の時に半年付き合った彼がいるだけ。キスくらいはしたけど、〝大人の関係〟はまだ知らない。

それ以来ずっと恋人はいなくて……社会人になってからは、倉沢さんに片想いをしている。

「私の言うことを素直に聞き入れているのはいいが、誰のために魅力を磨こうと思い立ったんだ？」

「……自分のためです」

最初のきっかけは、少しでも社会人として身だしなみを整えた方がいいと思ったからだ。それから、倉沢さんに興味を持ってもらえたらいいと思って……。

「君は嘘をつくのが下手すぎる。自分のためと言いながら、明らかに誰かを意識してるだろう？」

副社長は魅惑的な目つきで見つめながら、私が口を割るのを待っているようだ。大きく椅子にもたれ、投げかけた問いを撤回してくれる様子はない。

「誰のためなんだ？　場合によっては、手助けしてやらないこともない」

「……好きな人に、振り向いてほしいからです。副社長をこんなことに付き合わせてしまって申し訳ありません」

魅力を磨けと言われてもどうしたらいいのか分からなかったから、つい頼ってしまったけれど、相手はこの会社の副社長で御曹司だ。今思うとなんて大それたことをしてしまったんだろう。

「まったくだ。私をなんだと思っている」

副社長は不機嫌な口調だけど、私をじっくりと見つめる瞳にはなんとなく優しさを感じる。

「……相手は社内の人間なんだろ？」

今度の問いかけには、言葉を詰まらせた。

「君さえよければ、社内恋愛の相談に乗ってもいいと言ってるんだ。こんないい話はないと思わないのか？」

「思います、けど……」

副社長に自分の恋を相談するなんてありえない。だから、彼の気持ちだけありがたく受け取っておこうと思ったのに。

「それに、相手の目星もついている」

「えっ……ご冗談ですよね？」

「君を見ていれば分かることだ」

私を見ていれば……。

いつでも社内で倉沢さんの姿を探して、見つけたら駆け寄ってしまいたくなる衝動に駆られて、話しかけられたら飛び跳ねたくなるくらい嬉しくて。

そんな私を、副社長は知っているの？

「イニシャルに〝K〟がつく男で……君にしては高望みの相手。……違うか？」

「っ……!! そ、そう……です」

イニシャルはK――。確かに倉沢さんは構造設計グループ内のエリートで将来有望。女子社員の人気も高くて、私には高望みもいいところだ。

言い当てられた私は思わず俯いて、再び熱くなってきた頬を両手で挟み隠した。

「やっぱりそうか。本当に君は素直で分かりやすい。では、約束通り手助けしてやろう」

椅子から腰を上げた副社長は、私の前に姿勢よく立って、まじまじと見下ろしてくる。百八十五センチの長身を見上げると、三十センチ差が如実《にょじつ》で首が折れてしまいそうだ。

「まずは、もう少しメイクを覚えなさい。それから、通勤時はリュックサックではなくハンドバッグにすること」

「頑張ります！　リュックもやめます」

「それだけではまだ不十分だが、今よりはその男の気を引けるかもしれない。見た目もある程度は大切だからな」

「はい！」

「あぁ、そうだ。それからもうひとつ。産休に入った秘書の後任がまだ決まっていなくてね。ひとまず、経理関係は君に任せてもいいだろうか」

「経理室長はなんて仰っていましたか？」

「まだ相談していないんだ。まず、君の意向を聞いておこうと思ってね」

副社長と偶然顔を合わせただけでも、好奇の目を向けられているのに、そんなことになったらますます噂が過熱してしまいそうな気がする。だけど、仕事なのだから割り切るべきなのか……。

「申し訳ございませんが、先に経理室長を通していただけると助かります」

「君は本当に真面目だな。……分かった。私の方から話しておく」

ドアの前で一礼して副社長室を後にした。

副社長が、倉沢さんへの恋を成就させるために協力してくれるなんて意外だった。周りは彼の整った外見や優秀な仕事ぶり、感情を見せない冷たそうな一面ばかりを見ているようだけど、この数日接してみて分かったことがある。

本当は優しい人なんじゃないかな……って。


経理室に戻って、再押印してもらった証憑書類を手に自席に着くと、室長と目が合ってすぐに手招きされた。

てっきり室長のデスクで話すものとばかり思っていたけれど、隣接しているミーティングルームにわざわざ場所を変えられてしまった。

「いつも面倒なことをきちんとやり遂げてくれてありがとう」

「こちらこそありがとうございます」

「さっきも、再押印のためだけに副社長室へ行ってきたそうだね」

「はい。割印の陰影が薄かったので念のためですが、七年保存の書類なので」

私の話を頷きながら朗らかに聞く室長は、御門建設に入って三十年の大ベテランだ。

この三年は経理室長を務めているけれど、それまでは総務やコンプライアンスなど、多岐《たき》に渡る内勤部署をまとめてきた優秀な人。かつ、社内では〝仏〟と呼ばれているほど、穏やかな人柄だ。

「御門副社長から連絡があってね。深里さんを少しの間でいいから貸してほしいと申し出を受けたんです。秘書の手助けをしてほしいそうだよ。……深里さんの気持ちを聞かせてもらえますか？」

「あの……ありがたいお話ではあるのですが、私なんかで務まるとは思えません」

「副社長は、深里さんじゃないと困ると仰っているんだよ。いいじゃない、あの人に気に入られて損することはなにもない。キャリアアップを考えているのなら、いい経験になるはずだよ」

「……今日の帰りまで、お時間をいただけますか？」

答えを濁し、自席に戻る。

室長は副社長に連絡を入れている様子だけど、私の気持ちはほぼ固まっている。

いくら仕事とはいえ、やっぱり噂の火種を大きくしてしまうようなことは避けたいのが本心だ。

それに、どうしても私でなくてはならない理由もないと思った。

経理室長には、丁重にお断り願いたいと申し出て、退社した。

時刻は十八時過ぎ。ほぼ定時で離席したけど、帰りにパウダールームでメイクを直した分、社を出るのが遅くなった。

今日の夕食はどうしようかな。暑いし、素麺でいいか……実家から送られてきた夏野菜があったから、蒸して温野菜にしようかな。

そんなことを考えながら、駅前のロータリーを横目に駅の入口を目指していると、クラクションが鳴って足を止めた。

「深里さん」

突然名前を呼ばれて辺りに目を配れば、黒い車の運転席から顔を出している副社長を見つけて駆け寄った。

「どうされたんですか？」

「君を見つけたから、声をかけただけだ。そんなに驚くようなことか？」

社内の誰かに見られたら、また噂になる。輪をかけて真実味を帯びてしまいそうで、周囲を見渡して少し腰を屈め、運転席にいる彼と目の高さを合わせた。

「ちょっと話したいことがある。とりあえず乗りなさい」

「あの、そういうわけには……」

「先約があるのか?」

「いえ……特にはありませんが」

「では、早く乗りなさい」

疎い私でも高級車と分かるエンブレムに気づき、緊張が走る。だけど、彼の鋭い眼差しに圧されて、助手席のドアを開けた。

「副社長は外出先から戻られるところだったんですか?」

男性とデートの経験すらないのに、初めて乗った助手席が副社長の車だなんて……。

遠慮がちに、隣でハンドルを握る彼を見る。容姿端麗で女子社員の憧れを一身に集めているだけあって、絵になるほど素敵だと感じた。それに、以前触れられてドキッとした大きな手は指が長く、横顔の稜線は鼻の高さがよく分かる。

「今日は仕事を早めに切り上げたから、ゆっくり過ごそうと思っていたところだ」

「私がいたらお邪魔になると思うのですが……」

「ならないよ」

駅前を離れて大通りを走り抜けていく間、揃って無言になる。

彼は運転に集中しているようだけど、私に話したいことがあると言っていたから、切り出してくれるのを待ってしまった。

十五分ほどすると、車窓に映る街並みは閑静な住宅街に変わって、やがて減速した車は路肩に停められた。

「降りて待ってて」

綺麗に舗装された街路に降り立つと、副社長の車は間近にあった坂を下っていった。

見上げれば、ひっくり返ってしまいそうなほどの超高層マンションが建っていて、ぽかんと口を開けたまま見つめてしまった。

一体何メートルあるのだろう。御門建設のビルよりも高そうだ。夏の夕空に突き刺さっているような圧も感じる。

一階にはクリニックや有名カフェチェーンなどが入っているようで、窓際のカウンター席でカップを傾けている男性の姿を見つけた。

「深里さん」

「っ、はい」

マンションのエントランスから現れた副社長に呼ばれて小走りで駆け寄るも、私を待たずに彼は背を向け、中に入ってしまった。

「一番気を使わずに済む場所だから、ひとまずついてきなさい」

「なんのお店に行くんですか？」

「店？　私の自宅に行くだけだ」

「えっ‼」

静寂に包まれたエントランスロビーで思わず大きな声を出してしまった私を、副社長は冷たい視線で一瞥して先に歩いていく。

「御門様、お帰りなさいませ。お届け物をお預かりしておりますが、今お渡ししてよろしいでしょうか」

「ありがとうございます。受け取ります」

ロビーはドラマで見たような上品さで、コンシェルジュの女性と話している副社長の後ろでキョロキョロと視線を彷徨わせた。

数席のソファが等間隔に置かれ、エントランスの向こうには緑地帯まである。天井の吹き抜けも非常に高く、洗練された雰囲気に圧倒されてしまった。

「行くよ」

「はい」

って、条件反射で返事してしまったけど、副社長のご自宅に行くのはどう考えても気が引ける。

数歩歩いただけで立ち止まると、彼が振り返って面倒そうに私を見た。

「外で話すより、ずっといい。それとも君は噂に振り回され続けたいのか？」

「それは困ります」

私の返事を聞くと、副社長はなにも言わずにエレベーターの方へと歩みを進める。

「本当にお邪魔してよろしいのでしょうか？」

「構わないと言っただろう」

でも、やっぱり躊躇する。端くれ社員の私が副社長の自宅に入っていいのかと、エレベーターを待つ間も悩み続けた。

これ以上噂になるのは本当に困る。少しずつだけど倉沢さんと話す機会が増えているのに、思いも伝えないまま噂のせいで失恋するのは嫌だ。

それに、副社長は間違いを起こすような人ではない。彼が私に興味を持っているはずもないし、私の好きな人を知っているのだから……。

エレベーターの操作盤には五十五までの数字が並んでいた。副社長がカードキーをかざすと最上階のボタンだけが自動で光り、上昇してから数秒で到着した。

「念のために言っておくが、誰でも招き入れるわけじゃないからな。君に話があるから、今日は特別だ」

エレベーターを降りると、吹き抜けになっていた。見上げるとガラス天井から少しずつ夜の色を帯びてきた空が見えて、一枚の絵画のようで綺麗だ。左手に伸びる白い大理石の通路へ消えた副社長の背中を追ったら、途中で彼の靴が揃えてあった。

「ここからが室内って決めてるから、その辺で脱いで」

「玄関はどこですか？」

「エレベーター前からこっちはもう玄関だ」

私が部屋の造りに驚いている間に、副社長はスリッパの音を鳴らしながら進んでいく。急いで五センチヒールのパンプスを脱いで廊下を進み、彼が開けたドアの向こうに広がった光景に再び驚嘆《きょうたん》した。

五十畳ほどはありそうなリビングで一番最初に目に飛び込んできたのは、都心を一望できる窓からの圧巻の景色だ。部屋の左手にはダークグレーのL字型ソファが置かれていて、見たこともないサイズの大型テレビが壁に掛けられている。右手のダイニングテーブルの先にはキッチンがあって、大開口の窓がリビングから続いていて開放的だ。

「適当に座って。いま飲み物出すから」

「ど、どうぞお気遣いなく……」

あまりにも豪勢で呆気にとられ立ち尽くす。私のような平凡なＯＬには似合わないけれど、スーパーゼネコンの御曹司で副社長ともなると、こういう暮らしぶりも違和感がない。

「コーヒーは飲めるか？」

「はい……」

「ミルクと砂糖は好きなだけどうぞ」

「はい……」

間の抜けた返事しかしなくなった私に、副社長は苦笑しながらローテーブルにカップを置いた。

「いつまで立っているんだ？」

ソファへ誘導するように肩に触れられただけで、未だかつてないほど鼓動が走り出し、肩を震わせてしまった。

「あははは。そんなに緊張するなんて、本当に男がいたことあるのか？」

「こっ、高校の時に」

副社長が珍しく笑顔を見せ、その表情が輪をかけて私の胸の奥をドキッとさせる。

「高校生以来の恋か。それは緊張もするだろうし、頑張りたくもなるだろうな」

「……すみません。今のは忘れてください」

「忘れないよ。それだけ君がピュアな女性ってことだからな」

「ぴゅ、ピュアですか。それは魅力に繋がるのでしょうか……」

「そうだな……個人的にはすごくいいと思うけど」

副社長といると、不意をつかれたり予想もしないことばかり起きる。だけど、自分でも知らなかった魅力を発見できる気がする。

「あの、ついでに教えていただきたいのですが」

「なに？」

「数カ月前から建設業経理士二級の勉強中なんですが、休日に出かけないで勉強ばかりしてる女って、魅力ないですよね？」

平日は仕事が終わったら家に直帰、金曜の夜も特に予定はなく、週末は家事を済ませてから勉強する日々……。出会いに恵まれるどころか、自分から引きこもってしまっている。

それも自分らしいと思っていたけど、倉沢さんを振り向かせるために魅力を磨きたいと決めた今、それが男性の目からどう映るのか気になってしまう。

「どんなことでも、ひとつのことに夢中になってる人は、性別関係なく輝いて見えるものだよ」

「そうですか？　私みたいな地味なタイプでも、ですか？」

「まぁ、いきなり二級から受けようとしてるあたり無謀さを感じるが」

無謀……確かにそうかもしれない。

まずは無難に三級を受験すればいいのだろうけど、社内で実務レベルと評価されるのは二級以上。だから二級合格を目指し、日々参考書とにらめっこをしているのだ。合格できる自信はまだないけれど……。

「頑張りなさい。深里さんならきっと受かる」

「本当ですか⁉」

「きっと、って言っただろう。聞こえなかったか？　励ましてやっただけだ」

「ありがとうございます……」

一喜一憂する私をよそに、副社長はコーヒーを啜った。そして、カップをテーブルに置くと、じっくりと私を見つめてきた。

「そろそろ、話をしてもいいか？」

「あっ、すみません」

そうだった。ここにわざわざ呼ばれたのは、彼の話を聞くためだ。

「よくも断ってくれたな。そんなに私のサポートは嫌か？」

「……私では務まらないと思ったので」

「君に頼んでいるんだ。それに、経理以外の難しいことを頼むつもりもない」

「はい……でもっ」

いつの間にか鋭さを増した彼の瞳を見て、視線を合わせられなくなった。

俯いて断り文句を考えるけれど、彼の機嫌を損ねていることには変わりない。

「言いたいことがあるなら言いなさい」

「……噂になっているので、できれば接点を持たない方がいいのかと思いまして」

「噂に振り回されて、仕事をないがしろにする気か？　そんな心持ちで建設業経理士を受験したって、受かるものも受からなくなるだけだ」

手厳しい言葉に、なにも言えなくなってしまった。

「自分の恋愛相談はしてくるくせに、仕事のサポートは断るなんて、本当に君はいい度胸をしている」

「申し訳ありません」

「分かったなら、話を受けなさい」

「それだけは……」

「受け入れるまで、今日は帰さないからそのつもりでいろ」

冷たく言い残し、副社長はリビングを出ていってしまった。

ここだけでもパーティーができそうな広さがある。おそらく部屋数も多いだろうし、後を追ったところで、どの部屋にいるか見当もつかなそうだ。

副社長のサポートをするのが嫌なのではなくて、接点を持つのを減らしたいだけ。私情を挟んでいることは重々分かっているけれど、職場環境を元通りにするためには、それが一番の近道だと思うのに……。

「決めたか？」

二十分ほどすると、副社長が肩にタオルをかけて戻ってきた。

きっとシャワーを浴びてきたのだろう。先ほどまでのスーツ姿からグレーのTシャツとスウェットの部屋着に変わっている。セットされていない洗いざらしの髪や、さっぱりした表情が色っぽくて、つい凝視してしまった。

「なんだ？」

「あ、いえ……なんでもありません」

スーツを脱いだ彼は肩幅が広くて、二の腕も逞《たくま》しくて……異性であることを強く意識させられてしまった。ふたりきりになっても間違いは起きないと分かっていても、プライベートの姿を見せられたら、全身が急沸騰して火照ってくる。

「顔も耳も首も、日焼けしたみたいに真っ赤だな」

ラフな格好の副社長は、雰囲気が変わっても色気はそのままで、俯かずにはいられない。

「湯上がりの男を見たのも初めてで、動揺したのか？」

「……し、してません」

「だったら、ちゃんと目を見て話しなさい」

ちらりと視線を上げて副社長を見るけど、やっぱり鼓動は落ち着いてくれなくて、再び視線を落とした。

「男慣れしてないんだな、本当に」

遠慮なく隣に座ってきた副社長から、ほのかにシャンプーの匂いがして、ますます意識してしまう。

「ちょうどいいんじゃないか？　私のサポートをしながら男に慣れていくのも、ひとつの魅力磨きになると思うが」

「そんなっ‼」

伏せていた顔を上げて言い返そうとすると、文句でもあるのかと言いたげな表情が待っていた。

依頼を受けると返事をしなければ帰してもらえないみたいだし、いつもより深い色気を漂わせている副社長とこれ以上一緒にいたら、ドキドキして心臓が壊れてしまいそう。

「分かりました……お受けいたします……」

「毎週金曜、副社長室に来るように」

肩を落として返事をすると、副社長は笑ってソファに大きくもたれた。

「それと、今度時間のある時にヘアサロンに行きなさい」

不意をついた言葉に振り向くと、副社長が私を見つめて微笑んでいる。

「パーマをかけた方がいい。ストレートも悪くないけどな」

「どんなパーマがいいですか？」

「緩めのふわふわした印象のがいいだろうな」

「はい、やってみます」

副社長の秘書のサポートをすることになったのは本意ではないけれど、彼との接点が増えれば、倉沢さんとお近づきになるための自分磨きのアドバイスをもっともらえるかもしれない。そう前向きに考えることにした。

「では、そういうことで……お邪魔しました」

ソファから立ち上がって、リビングのドアへ向かう。

「帰るのか？」

聞かれて振り返ると、副社長がソファからゆっくり立ち上がって、こちらに歩いてくる。

「君は気が利かない女だな」

彼はそう言うけれど、なるべく早くお暇《いとま》した方がいいと私なりに気を利かせたつもりだ。

「食事くらい作ってくれるかと思っていたが」

「私、副社長の秘書のサポートはするとお約束しましたが、私生活までサポートするとは言っていません」

「そうじゃなくて」

ドアレバーに伸ばしていた手を取られ、引き寄せられるまま数歩戻された。

「食事で男の胃袋を掴むのも大切だろ？　試しに食べてやってもいい」

「……結構です」

「料理下手か」

「それくらいはできます！」

掴まれた手は少し力を入れたらすぐに解放され、ずり落ちていたリュックサックの肩紐を直す。

「でも、もっと練習してから、好きな人には……食べてほしいんです」

「……分かった、無理強いはしない。帰っていい」

それ以上は引き留められず、ようやく家に帰れるという思いでホッとする。

長い廊下を進み、五センチヒールのパンプスに足を入れた。

「深里さん」

「はい」

「これで帰りなさい。引き留めて悪かった」

差し出された一万円札に戸惑ってリュックサックの肩紐を掴んでいると、彼が強引に私の手を引いて、握らせてきた。

「送ってやれなくて申し訳ないが、気を付けて」

「……ありがとうございます。お邪魔しました」

到着したエレベーターに乗って、操作盤で地上階と閉ボタンを押して顔を上げると、壁に寄りかかって小さく手を振る副社長がいた。

私の恋のため

新しい週が始まった。月曜はいつでも気分を一新して通勤しているけど、今日の私はひと味違う。

「深里さん⁉」

「おはようございます」

「別人みたい……」

「そんなに違いますか？」

今朝も比較的早めに出勤して自席に座っていると、香川さんが出勤するなり私を見て驚いている。

この週末、副社長のアドバイス通りへアサロンに行って、人生初のゆるふわパーマをかけてきたのだ。私の変わりぶりに、担当してくれている美容師さんもびっくりしていた。

「なんか、ものすごくかわいい感じになったね」

「本当ですか⁉」

「うん、似合ってていいと思うよ」

褒めてもらえて思わず口角が上がる。

倉沢さんも、かわいいって言ってくれるかな。

同じフロアにある会議室では、近々手掛ける大型プロジェクトの打ち合わせが行われている。経理室長や先輩方も出席していて、業界ならではの支出と収入の割合を話し合っているらしい。

建設業は独特な会計の流れがあって、小売業などのような後払いではなく、実際に工事に着手する前に代金を受け取ることになっている。その金額で確実にプロジェクトを終えることができるかを見極めるのも、経理室や会計室の役割だ。

八月も中旬を過ぎ、夏休みを取っている社員もちらほらいる。

社内共有のスケジューラーを開くと、倉沢さんは休暇の予定をまだ決めていないようだ。

私はいつ休みを取ろうかぼんやり考えていたら、【今週の経理関係からよろしく頼みます】と、タイミングよく副社長からメールが送られてきて、【かしこまりました】と返事を送り返す。

毎週金曜に副社長室へ行く約束になったのを忘れていたわけではない。ただ、未だに消えない噂に重いため息が出た。

一時間半ほど経過して正午前になると、会議室から戻ってきた室長と一緒に倉沢さんが入ってきた。

「倉沢さん、お疲れ様です」

「お疲れ様。ちょっとお邪魔します」

香川さんの挨拶にも朗らかに返した彼と目が合ったけど、私にはなにも言ってくれなかった。

もしかして、別人だと思われた？

いやいや、まさかそんなはずはない。入社以来、この席に座っているのは私だもの。

「例のプロジェクトの件で、先輩にちょっと相談があって――」

経理室には倉沢さんと同じ大学出身の男性社員がいて、彼に用事があるようだ。

倉沢さんの仕事熱心な姿を見ていると、私も試験勉強を頑張ろうと気が引き締まる。

それから自席でひたすらパソコンに向き合っていたら、コンタクトをつけた瞳が乾いてきた。目薬をポーチから出し、パウダールームへ向かうことにした。

「あ、深里さん」

「倉沢さんっ！　お疲れ様です」

パウダールームから自席へ戻る途中、エレベーターを待っている倉沢さんと出くわした。

「今日はまた一段と違う雰囲気で、声をかけるのためらっちゃったよ」

無視をされたわけじゃなかったと知って、心からホッとした。それに髪型を変えたことにも気づいてもらえて嬉しくなる。

「深里さんっていうより、茉夏ちゃんって感じかな。すごくかわいいね」

「か、かわいくなんてないです！　倉沢さん、私の名前覚えててくださったんですか？」

「仲よくさせてもらってる人の名前くらい、さすがに覚えてるよ。……じゃあ、またね」

彼が待っていたエレベーターが到着し、他部署の女子社員が降りてきた。私に向けられる好奇の視線が気になってしまい、せっかく話しかけてくれた彼に会釈をするだけで、微笑み返すこともできなかった。

【――よかったらどうかな？　他に予定があったら無理には誘えないけど、考えてみてね】

経理業務をこなしていたら、突然倉沢さんからメールが届いた。

開封するのもドキドキする【お誘い】というタイトルを目にしてから、マウスを掴んでいる手が震えてしまっている。

その内容は、来週の金曜の仕事終わりに、一緒に食事でもどうかというものだった。

倉沢さんから連絡をもらっただけでもドキドキするのに、お誘いとなるとどう返事をするべきか悩んでしまう。

今の心のテンションをそのまま文字に起こしていいものか、それとも業務的な返事をするべきか……。

「深里さん、内線鳴ってるよ」

「あ、はい」

メールの文面に見惚れて、目の前で鳴っている内線にすら気づかなかった。

電話を取ると、相手は構造設計グループ内の経理を担当している女性だった。

《すみません。経費精算システムの入力で分からないところが出てきてしまったんです。申請後は取戻しができないと聞いていたので……》

話を大まかに聞いた私は、直接画面を見ながら操作した方がいいと判断し、これから向かうと伝えて受話器を置いた。

「すみません、お忙しいところ」

電話をしてきた女子社員は、申し訳なさそうに自席から立ち上がって私を迎えた。

「いえ、お早めにご連絡いただけてよかったです。早速ですけど、経理システムの画面を見せてもらってもいいですか？」

彼女が操作している間、室内を見渡す。隣の列のデスクで倉沢さんが眼鏡をかけてパソコンと向き合っている背中を見つけた。設計を担当しているだけあって、三次元CADを操作しているようで、デスクには大きな設計図も広げられている。

「深里さん、ここなんですけど」

「これは、先に勘定科目を選ばないと動かせないんです。それで、選ぶものはこの一覧の中にあって……」

説明をしている間も、構造設計グループの女子社員からの視線を感じる。きっと副社長との噂を知る人たちだ。

だけど、噂なんてきっとそのうち消えるはず。気にしないのが一番だ。倉沢さんは変わらずに接してくれているのだから。

気を取り直して、問題なく申請段階まで進んだのを確認してから、構造設計グループのフロアを後にした。

ら。

【ぜひ、よろしくお願いします。楽しみにしています】

席に戻って、見てきたばかりの倉沢さんの背中を思い出しながら返信する。

当日は気合いを入れよう。そのために副社長はアドバイスをしてくれていたのだか

副社長と約束をした金曜、十四時過ぎに副社長室を訪ねた。

何時でもいいと言われていたから、午前中のうちに他の業務を済ませ、あとは副社長のサポートに時間が使えるように調整してある。

今日からは秘書室を通さず来るようにとの指示だったので、副社長室に直行した。

「失礼します」

「どうぞ」

いつも通り、ノックを二回してから入る。

そういえば、副社長室は特別いい香りがする。棚に置かれたディフューザーから漂っていると気づくと同時に、副社長がデスクチェアからゆっくり立ち上がった。

「早速私の言ったことを取り入れるとは、感心だな。少し切ったのか」

「はい、少しだけ。アドバイスありがとうございます。同僚にも褒めてもらえました」

「……そうか、よかったな」

そう言うわりに、あまり浮かない表情をしているような気がして、副社長を黙って見上げる。

「なんだ」

「今日も、私はなにか怒らせてしまったでしょうか」

「そうだな、強いて言えば来るのが遅いくらいだな」

何時でもいいって言ったのは副社長なのに！

本当に勝手な人だなと思いつつ、立場も権力もある彼には逆らえず、少しだけ頭を下げて詫びた。

「私を待たせるのは、社内で君くらいだ」

「失礼しました」

「まぁいい。システム部から君が作業をするためのノートパソコンを借りておいたから、それを使ってくれ」

「かしこまりました。それから、先日のお釣りです」

タクシー代として渡された一万円のお釣りと、レシートを入れた封筒を差し出した。

広尾《ひろお》にある副社長の家から川崎《かわさき》の私の自宅までは、六千円程度で到着することができて、今日お釣りを渡そうとバッグに入れておいたのだ。

「釣りはいい。それで検定の勉強に役立つものでも買いなさい」

「……ありがとうございます」

遠慮したところで、副社長の立場と性格からして絶対に受け取ってくれないだろうと思い、ありがたく甘えさせてもらうことにした。

彼の大きなL字型デスクの右側に直角に向き合って座る。社内決裁のデータと数枚の領収書が丁寧にクリップで留められたものがすでに用意されていて、必要な情報を入力し始めた。

「今回はこれで全部ですか？」

「そうだ」

先月よりもデータ量は少ないし、領収書の金額も桁が少なめで楽だった。

「次回からは、私の方で決裁データをプリントして突き合わせますので、領収書だけご準備いただければと思います」

「分かった。助かるよ」

副社長も忙しそうに作業を続けている。

不意に内線の呼出音が鳴って、応答した彼は受話器を耳に当てて私を見遣ると、口の前で人差し指を立てて黙っているように告げた。

言われなくても電話中は話しかけたりしないんだけどな……。そんなに気が利かないと思われてるのかな。

「――今から？　分かった。準備ができたらドアをノックしてください」

終話した副社長は、室内のクローゼットからスーツのジャケットを出して、ひらりと羽織ってから襟元を直している。

その一連の動作を見つめている私の視線に気づいた彼が、デスクに戻ってきた。

「なんだ？」

「話しかけてもいいですか？」

黙っていろと言われたからには許可が下りるまでそうしていようと思っただけなのに、副社長が突然破顔して笑い出す。

「君って、本当に真面目だな。そういうところ嫌いじゃないけど」

「っ‼」

伸びてきた長い腕を避けられず、大きな手のひらで髪をわしゃわしゃと撫でられた。

あーあ、せっかくセットしたのに……。

私が髪の乱れを直している間も、副社長は笑顔のままだ。

いつもそんなふうに笑ってくれたら接しやすいんだけどなぁ。

だけど、副社長の笑顔はなかなか見られないからこそ、誰よりも輝いているように感じるのかもしれないと思ったら、どういうわけか胸の奥が少し苦しくなった。

「これから客先の社長が来る。いつも不在時は部屋をロックしているから、私が出たら中から施錠しておいてくれ」

「かしこまりました」

「経理室に戻る時は、このカードキーで施錠するように」

「どうやってお返ししたらいいですか？」

「次に会う時でいい。深里さんは間違ったことをする人ではないと信用しているからね」

役職者の部屋を施錠するための、特別な黒いカードキーのスペアを渡されて手が震えそうになる。信用していると言われたら、絶対に間違いが起きないようにしなくてはと気を張った。

「――副社長、永井《ながい》ホールディングスの永井ＣＥＯが到着されました」

ドアの向こうから秘書が声をかけてきて、社長はすかさず私に黙っているように指示をする。

どうして私がここにいることを隠すのかと疑問に思いつつ、再び口を閉ざすと、副社長はドア越しに返事をした。

「分かった、ありがとう。特別応接室を使わせて」

「支度は整っております」

「さすがだね。今行きます」

タブレットを持った副社長がデスクを離れようとして、私に振り向いた。

「もう話して構わない。君がここにいるのを見たら、彼女たちはまた噂を流すかもしれないから、念には念を入れているだけ。これも君のためだ」

そう言い残し、忙しそうに出ていった副社長の後を追って、そっと内側から施錠した。

だから直接来るように言われたのかと合点する。

私が今ここにいるのを知っているのは、副社長と経理室長だけってことか。

噂なんて気にしなくていいって言ってたけど、少しは私を気遣ってくれているのかもしれない。

いつも冷たくて、基本的に無表情だし、口を開けば声色も低くて冷静で、話せばいつ怒られるかと恐々接していたけれど……やっぱり本当は優しい人なんじゃないかと思う。

それに……パーマをかけただけじゃなく、少し髪を切ったことにも気づいてくれたのは副社長だけだ。


予想より少なかった経理書類をまとめ、データも見直してパソコンを閉じた。

あとは最終的に経理室長の承認が下りれば、無事完了。証憑関係も私が見た限りでは問題なさそうだ。

経理室で割り振られている業務の中でも、任されているのは大きな仕事ではないように思われがちだけど、こういう小さなことで綻びが出ると、一気に会社の信用を失いかねない。

「――噂が当たってるんじゃないの？」

「まさか。副社長があの地味女を選ぶなんて信じたくないんだけど」

経理室に戻ろうと席を立ったところで、ドアの向こうで話している秘書の声が聞こえた。

副社長が言っていた通りだ。今、私がここを出ていったらなにを言われるか分からない。経理業務のために出入りしていると説明したところで、なぜ私が指名されたのかと邪推されるだけだろう。

聞き耳を立て、秘書たちがいなくなったのを確認してから素早く副社長室を出て、預かったカードキーで施錠した。

経理室に戻ると、すかさず室長に呼ばれてデスクに向かう。

「お疲れ様。例の件、どうだった？」

「問題なく済ませました」

「そう、助かりました。ありがとう。メールを送っておきましたので確認してください」

「かしこまりました」

自席でメールを確認すると、確かに室長から届いていた。

【お疲れ様です。深里さんが副社長室に出入りしているのは、周りに伏せるようにと副社長から指示がありましたので、資料室か他部署に行っていることになっています。それとなく戻ってきてくれたら大丈夫ですので、心置きなく業務に取り組んでください】

心置きなくって……。むしろ早くこの業務から解放されたいくらいなんですけど。

だけど、仏のような室長に文句を言っても仕方ない。一日も早く後任の秘書が就いて、仕事を覚えてくれたらいいだけだもの。

――翌週木曜。

明日はいよいよ倉沢さんのお誘い当日。考えるだけでドキドキするし、なにを話そうかと考えてばかり。

明日はスカートを穿いて女性らしくしよう。そのために副社長だって日頃アドバイスしてくれていたわけだし、その成果が早くも表れたんだから。

「なんだか今日は楽しそうだね」

「そうですか？　いつも通りですよ」

どうしても隠しきれない浮いた気持ちが顔に出てしまっていたのか、香川さんに気づかれてしまった。

仕事はちゃんとこなしているけど、心の中は明日の約束でいっぱいだ。

デスクトップの右下に新着メールの通知が出て、数秒で消えたのを視界の端で捉えたけど、後で確認しようとそのままに、入力データと資料の照合を続ける。

小規模な見積と発注請書の確認も私の仕事。同じような業務の仲間も数人いるから、毎日やるわけではないけど、担当している部署から上がってくれば対応しなくてはいけない。倉沢さんとやり取りするようになったのも、構造設計グループの担当に私が含まれているからだ。

作業の手を休めながら炭酸水を飲み、メール受信画面に切り替える。

【お疲れ様。明日、終業後に副社長室に来れるか？】

誰にも見られてはいけない副社長からの連絡に、ウィンドウを小さくして返信を打つ。

【お疲れ様です。金曜は予定通り就業時間中に伺います。経理データが多いのでしょうか？】

作業量が多いから、他の業務との兼ね合いを考えてくれたのかな。でも、カードキーだって預かったままだから、就業時間中に行ってなるべく早めに返したい。

【返信が遅い。通知にしていないのか？　業務外の呼び出しだ。他に特別な約束はないだろうから、十八時半に来るように】

送信して一分と経たずに返信がきた。

また副社長は勝手ばかりだ。私だって、特別なお誘いを受けることだってあるんです！

【通知はしていますが、他の作業があったので遅くなりました。申し訳ありません。それから、明日は先約があるので終業後はお伺いできかねます。副社長がアドバイスしてくださったおかげです。ありがとうございます】

副社長はきっと、『よかったな』って言ってくれるだろう。優しい表情を見せてくれるかは分からないけど、いつもよりは幾分か穏やかな声色で。

【分かった。明日、また頼みます】

【かしこまりました】

返ってきたメールは意外とあっさりしたものだったけど、これが副社長にとって普通なのだろうと思った。

翌朝は、起きた瞬間から心が浮き立つようだった。

アラームが鳴る十分前に目が覚めたし、早く寝たからか、気にしていた顎の小さな肌荒れも治っていた。

メイクもヘアスタイリングも念入りに。

リュックサックは厳禁、ひと目ぼれして買ったものの日の目を見ずにしまっておいた、人気カジュアルブランドのバッグを腕にかけて家を出た。

明け方降った雨のせいで、少し肌寒い朝の風に紺色のフレアスカートの裾が翻《ひるがえ》る。アイスグレーのノースリーブに羽織ったストールで、竦めた肩を隠した。

自分磨きを始めてから、流行りのお洒落も日々研究してきた。センスがいいか分からないけど、好きな服を着ているだけで気分が上がっていくから不思議だ。

会社の最寄駅に着くなり、噂を知る女子社員の視線を浴びた。エレベーターを待っている間も、四方八方でひそひそと話題にされているのが聞こえてきたけれど、一切を無視して経理室へと向かった。

「おはよう。今日はまた随分と気合い入ってるね」

「時々は女の子らしくしてみたくなって」

香川さんのように、かわいらしくて華のある雰囲気が纏えるよう研究してきた成果が褒められて嬉しくなる。

「深里さんのセンス、好きだなぁ。色の合わせ方も甘すぎなくてすごく似合ってる」

彼女がいい人でよかった。噂のことも言ってこないし、仕事だって一緒に頑張ってくれる。倉沢さんを気に入ってる様子なのが気がかりだけど、これだけは譲れない。

「おはようございます」

経理室が始業時刻を迎えて三十分ほどすると、出入口の方から聞き覚えのある声がして顔を上げた。

「副社長！　いかがされましたか」

室長が驚いて席を立って向かう間、香川さんをはじめ女子社員が一斉にざわめいている。

朝から経理室に彼が自ら出向くなんてことは今までなかったから、嫌な予感しかしない。

「室長、おはようございます。深里さんに用があるのですが」

「深里さん、早く」

室長に手招きされて席を立ったけれど、経理室にも副社長との噂を耳にしている社員はいて、私に向けられる視線が気まずさを煽る。

「おはようございます」

「おはよう。朝から悪いが、君に折り入って頼みたいことがある。室長、深里さんを少しお借りしても構いませんか？」

「私は構いませんが……深里さん、作業途中のものは？」

「先ほど保存しました」

我ながら、こまめにデータを保存する慎重さを恨めしく思った。

「では、遠慮なく」

副社長に『行くぞ』と瞳で促され、同僚の視線を大いに感じつつ、項垂《うなだ》れ気味で経理室を出た。

ちょうど到着したエレベーターから他部署の社員が降りてきた。私たちを見るなり、噂が脳裏をよぎったような表情をされて、さらに気が重くなる。

「あの……頼みたいことってなんですか？」

「………」

人がいなくなったタイミングで話しかけてみたけれど、副社長は無言でなにも言ってくれない。勝手に経理室に来て、勝手な都合で連れ出したくせに。

上階へ向かう、ふたりきりのエレベーターはとても気まずくて、私も口を噤《つぐ》んだ。

そして三十四階に到着すると、秘書の目も気にせず、彼は副社長室に私を入れた。

ドアの前から動かずにいる私をそのままに、彼は奥にある大きなデスクを迂回《うかい》すると、ハイバックのデスクチェアに大きくもたれる。

「今日は一段と気合いが入っているな」

「はい」

否定はしない。昨日のメールで伝えた通り、特別な先約があるからだ。

「今夜の約束は、私の誘いを断ってまで行く必要のある集まりか？」

「特別な約束です。申し訳ありませんがそちらが先でしたので、お断りさせていただきました」

業務とは無関係の呼び出しだったのかと、肩を落とす。

あとで経理データの作業で来るのだから、その時話してくれてもよかったのにな。

あんなふうに連れ出されたら、戻りにくくて仕方ない。

「誰から誘われた？」

「……倉沢さんです」

「倉沢？　構造設計グループのか？」

間髪入れずに頷くと、副社長は切れ長の瞳を一瞬大きく見開き、驚いた表情を見せた。

初めて見るその顔に、私も思わず固唾《かたず》を呑む。

「……確認させてもらうが、君は誰のために魅力を磨きたいと言っていたんだ？」

「自分のためです。それから……倉沢さんのことが好きなので」

今さらなんの確認をされているのかと思いつつ、二度目の告白は意外とスムーズなものだと思った。あの時は事実を伝えるのに変な汗をかいてしまったけど、副社長が意外に優しかったから話しやすかった記憶がある。

——でも。

「……君は、倉沢のことが好きなのか？」

「はい」

再確認されて返事をした直後、すぐに副社長は左手で額を支え、デスクに肘をついて項垂れた。

「もう行っていい。今日の作業は、午後の好きなタイミングで構わない。その時間、私は外出しているから施錠だけは忘れないように」

「かしこまりました」

いつもと違う彼の様子や、今さら倉沢さんへの片想いを確かめられたことに疑問を感じる。だけど、俯いている副社長の表情は見えなくて、私は一礼してからそそくさと経理室へ戻った。


午後、預かっていたカードキーを使って副社長室をこっそり訪れ、デスクに置かれていた経理書類をデータに収めた。

主《あるじ》のいない室内はよその家で留守番を頼まれているようで居心地が悪く、ふと副社長のことを考える。

噂になって困ってるのを分かっているくせに、どうして経理室まで来て連れ出したのか。もし、少しでも顔を合わせる時間があったら、朝みたいなことはしないでほしいって言いたかったんだけどな。

でも、副社長室を出る時に見た彼は、いつになく肩を落としているようで、それが少し気がかりだった。


それから残りの業務をこなし、あっという間に終業時間を迎え、約束の十八時半に社の正面入り口で倉沢さんを待つ。

週末は同じように街へ繰り出す社員が多く、特に女性社員は二度見してしまいそうなほど誰もが華やかだ。

「深里さん、お待たせ」

「お、お疲れ様ですっ！」

就業時間外に倉沢さんと話すのは初めてで、挨拶さえまともに返せなくなりそうだ。

「早速行こうか。ちょっと歩くけど平気？」

「はい、大丈夫です」

最近、ようやくヒールで歩くのも慣れてきた。

これからどこへ向かうんだろう。まずは食事をするのかな。あれこれ考えて期待が膨らむ。

「今日さ、言っておかなくちゃいけないことがあって」

「はい」

夏の夜に包まれた街を並んで歩いていると、デートをしているようでドキドキする。彼の声を聞くだけで、胸の奥がきゅんとして……幸せな気分だ。

「他にも一緒に飲む人間がいるんだ」

「あ、そうなんですね」

彼の告げた言葉は思いもよらなかったもので、どう反応したらいいのか一瞬分からなかった。

「ごめんね、先に言おうと思ったんだけど、言ったらきっと来ないかなと思って」

「どなたがいるんですか?」

「うちの部の人間。深里さん、あまり社内の人と話したりしてなさそうだったからさ」

「……お気遣いありがとうございます」

……デートのお誘いじゃなかったんだ。

倉沢さんは、人付き合いが苦手な私に知り合いを増やそうとしてくれたのだろう。

それを私が勝手に勘違いして舞い上がっていただけ。

彼の気持ちは嬉しいけど、社内の人と広く関わるつもりはもとからないし、仕事をする上で狭く深くの人間関係で十分だったのにな……。

気合いを入れてきた分、空回りしたテンションが急降下する。

有楽町《ゆうらくちょう》の駅にほど近い繁華街は、多くの人でごった返している。

時々すれ違う人とぶつかりそうになると、倉沢さんが気にかけて守ってくれた。

これはデートじゃないと分かってはいるけれど、そのたびに胸が高鳴ってしまう。

「この店にみんないるはずなんだけど……あ、いたいた」

通りからガラス越しに店内を見て、同僚を見つけた倉沢さんが入っていく。

「ごめん、遅くなりました。今夜はゲストが一緒だったからゆっくり歩いててさ」

促されて、彼の背中から顔を覗かせると、聞いていた通り構造設計グループの女性五人と男性三人が集まっていた。

「倉沢さん、本当に連れてきたんだ」

「え、なんで？　いいじゃん別に。楽しく飲もうよ」

「そりゃそうなんだけどさ……ねぇ」

顔を見合わせた女性社員たちは、『噂の副社長の相手』と言いたげで、私は遠慮がちに末席に腰を下ろした。

先に注文されていたビールやおつまみが運ばれてきて、みんな適当に飲み食いしながら盛り上がっている。

就職してからというもの、こんなふうに会社の人たちと金曜の夜を過ごしたことがないので、どう振る舞っていいのか戸惑ってしまう。

それに、目の前の女性たちは明らかに私をよく思っていなくて、彼女たちの会話に混ざる隙はとても見つけられない。男性たちも日頃から仲よくしているメンバーだからか、私が話に入れそうな雰囲気ではなかった。

「大丈夫？　食べたいものがあったら適当に頼んでいいからね」

「はい。ありがとうございます」

だけど、隣に座ってくれた倉沢さんが、時折私を気にかけて話しかけてくれると、幾分か緊張は和らいだ。

「経理室さんには本当にお世話になってるから、今日は好きなだけ食べていいですからね」

「あっ、ありがとうございます……」

他の男性社員も、遠くに置かれたサラダなどを取り分けてくれて、好意的に接してくれる。だけど、こういう場に不慣れな私はお礼を返すのが精いっぱいだし、女性たちからはさらに反感を買っている気がした。

「っていうか、本当のところ副社長とどうなんですか？」

飲み始めて一時間ほど経った頃、ほろ酔いになった構造設計グループの女性が私につっかかってきた。

「お前飲みすぎ。深里さんに絡むな」

倉沢さんが間に入ってくれたけど、女性の視線はさらに鋭さを増している。

「まさか、倉沢さんにまでちょっかい出してるの？」

「おい、やめておけって」

「いつから副社長とお近づきになってたんですか？　どうやって落としたの？　教えてくださーい」

女性社員の中心にいたひとりが私に絡んできたけれど、倉沢さんたちに制されて膨れ顔で口を噤んだ。

「す、すみません……私、お先に失礼します。お代、これで足りなかったら後日お声がけください。お邪魔しました」

いたたまれなくなった私は思わず立ち上がり、バッグを持って店を出てきてしまった。

噂は噂でしかないのに、どうして誰も信じてくれないの？

副社長のことは尊敬はしていても特別な目で見たことはないし、このところ話すようになったのは、倉沢さんとの恋を応援してもらっているからだ。それに、経理業務というれっきとした理由もある。

隣で楽しそうにしていた倉沢さんの横顔を思い出したら、泣きたくなってきた。もっと一緒にいたかったし、会社ではできない話もして、彼のことを知りたかったのに。

今頃、彼が悪く言われていないだろうかと、有楽町駅の前に着いたところでふと気になった。

場の空気を悪くしたまま出てきてしまったことを悔やむけれど、どうしてもあの場にはいられなかった。誰にも馴染めず、女子社員から嫌われている姿を見られたくなかったし、倉沢さんにまで嫌われてしまいそうで怖かったから……。

「深里さん！」

駅前で赤信号を待っていると、背後から声が聞こえた。

振り返ると、追いかけてきてくれた様子の倉沢さんがこちらに走ってきて、腕をつかまえられてしまった。

「頼むから、待って……。帰るなよ」

息を少し切らし、髪を乱している彼は、私の腕を離してくれそうにない。

「私と関わると、倉沢さんも悪く言われちゃいますよ」

「いいよ、別に」

深く息を吸って呼吸を整えた彼は、まっすぐ私を見下ろして言い切った。

「全然よくないです。私がいたせいで、皆さん楽しく飲めなくなっちゃって。連れてきてくれた倉沢さんまで文句を言われて」

「だからいいんだって」

「どうしてですか⁉」

言い合う私と彼を、サラリーマンたちが冷やかすような目つきで眺めていく。

「……誘ったのは俺だから。それに、噂は噂でしかないんでしょ？　副社長とはなんでもないんだろ？　だったら、困ってたり寂しそうにしてたら、力になってあげたいと思うのが普通じゃないの？」

きっと、最後まで倉沢さんは私を信じてくれる気がした。

誰にも優しくて、いつも朗らかで。こんな私にも同じように接してくれる。

彼を好きになって本当によかったと思う。

「……倉沢さんは、好きな人いないんですか？」

お酒の力を借りたら聞けるような気がして、私にしては大胆な質問をしていた。

「え？　俺の好きな人？」

不意をついた私の問いかけに、倉沢さんはきょとんとしている。

「そうです。倉沢さんがドキドキする相手は、今いますか？」

「……いるよ」

「どんな人ですか？」

「あまり派手じゃなくて、どちらかというとかわいい人。背が小さくて、守ってあげたくなるような」

好きな人くらいはいると思っていた。それが私ではないことは、ずっと前から予感していたこと。だけど、面と向かって聞かされると、やはりショックは大きかった。

「ちょうど深里さんくらいの背丈だよ」

「え!?」

「帰ろうか。俺ももう戻りたくないし」

そう言って、横断歩道を渡る倉沢さんの背を追った。

――私くらいの背丈で、派手じゃなくて……。

この前、かわいいって言ってくれたし、困ってたり寂しそうにしてたら、力になりたいとも言われたばかりだ。

期待なんてしたらダメ。だって、きっと勘違いだから。自惚れたら痛い目に遭うと思う。

でも、もしかしたら……。

私を信じてくれる彼の隣を歩いているだけで、心が温かくなるようだった。

誰にでも秘密はある

——あの人、おとなしそうに見えて、実は相当男好きらしいよ。

週が明けて二、三日経つと、新たな噂でさらに望まぬ注目を浴びることになった。

「深里さん、倉沢さんとデートしたの？」

「お誘いいただいたので、食事に行っただけです。でも構造設計グループの人たちもいたから、デートじゃないですよ」

「本当に？」

「本当です」

噂を耳にした香川さんも事実確認をしてきたけど、彼女の場合、もし私が倉沢さんと付き合うようなことになったとしても、悪口を言ったりすることはないと思う。

副社長と倉沢さん。社内の人気を二分する男性と仲がいいと思われたら、悪い噂を流されるのも当然だろう。

噂を広めたのは構造設計グループの女性たちだって分かってるけど、別に反論するつもりはない。火に油を注ぐだけだし、きっとそのうち立ち消えるはずだ。

　私が好きなのは、倉沢さんだけなのだから……。

　ランチタイムは今日もひとり。十四時過ぎの茹だるような暑さで外に出る気にもなれず、社員食堂に行くことにした。

　到着したエレベーターに乗って、三階のボタンを押す。

　運よく誰も乗っていなくてホッとしたのも束の間、土木施工グループなどの外勤部署が入っている十階で、エレベーターの扉が開いた。

「お疲れ様です……」

「うん、お疲れ様」

　現場の人と話していたのか、倉沢さんが乗ってきて緊張してしまう。

　金曜の夜、あれから途中のカフェでお茶をして、東京駅まで一緒に歩いたけれど、それきり顔を合わせていなかった。

　噂になってしまったことを謝りたいのに、言葉に詰まる。

「深里さん、気にしなくていいからね。俺たちは同僚なんだし」

「……はい、ありがとうございます」

　同僚――その二文字が、すごく冷めて聞こえて悲しくなる。

先日、彼が追いかけてきてくれて、ちょっとでも浮かれてしまった自分を戒《いまし》めたくなった。あの時、無理やりにでも酒席に戻ってもらっていれば、彼を噂に巻き込むことはなかったのかもしれない。

「深里さんは本当に気にしないで、今まで通りにしてたらいいよ」

三階に着いてドアが開いたら、副社長が到着を待っていた。

「お疲れ様です」

倉沢さんの挨拶に、副社長は変わらぬ冷たい表情で「お疲れ様」と返すだけ。

ふたりでエレベーターを降りると、倉沢さんが「深里さん、またね」と声をかけてくれたけれど、小さく微笑み返すに留めた。

上階行きのエレベーターが到着し、表示灯が点滅している。食堂でランチを済ませた社員たちが乗り込んでいくのを横目に、副社長は私のもとへと一歩ずつ近づいてきた。

「倉沢と噂になってるようだな」

「……ご存じなんですね」

社員の姿がなくなると、副社長はすかさず触れられたくない話題を口にした。

感情の見えない冷静な表情と声色では、副社長が噂を聞いてどう思ったのかは読み取れそうにない。だけど、眼差しはほんの少し優しく感じられる。

「君のことだ、また気に病んで肩身の狭い思いをしてるんだろう。私がしてやれることはあるか？」

彼の言葉が心に突き刺さる。

どうしてこんな時に限って、彼は私を気に留めてくれるんだろう。

「私のことは放っておいてください」

「私が話したければそうするし、用がなければ放っておく。ただ、倉沢と噂されて困っているならと思ったまでだ」

副社長の優しさはありがたい。だけど、こうして話しているのを女子社員に見られたら、また『男好き』などと噂されるに違いない。

「……大丈夫です」

私の返事を聞いた彼は表情を微塵《みじん》も変えず、淡々とした様子で踵を返し、上階行きのエレベーターに乗り込んで行ってしまった。

食欲は失せ、義務的にお腹を満たすためにサンドウィッチだけで済ませた。

副社長が銀座に連れていってくれた日、彼が正面玄関で堂々と手を繋がなければ、こんなことにならなかったのかもしれないとたびたび思う。

だけど、あの夜があったから、副社長の隠れた優しさに気づくことができて、恋愛のアドバイスまでもらえるようになった。自分を大きく変えるきっかけになったし、そのおかげで倉沢さんとの距離も縮まった。

誰も悪くない。

噂が早く消えてくれたらいいのに……考えることはそればかり。


——八月末の経理業務が立て込み、毎日があっという間に過ぎていく。

先月のような差し戻しのないようひとつひとつ確実にこなして、経理室長へ承認作業を回付した。

あとは、副社長の分を残すのみ。

ちょうど今日は、締日と金曜が重なっているせいで室内は殺伐とした雰囲気だ。

私は〝副社長室へ行きます〟と付箋《ふせん》で室長に告げてから経理室を出た。


「失礼します」

今までは秘書の目を気にしていたけれど、どんなに気を使っても噂は消えてくれそうにないから、堂々と副社長室を訪れた。

「——来月中旬以降でしたら、お会いする時間が取れますがいかがですか？　色々と立て込んでおりまして……。永井社長のご都合に合わせますので、どうぞよろしくお伝えください」

ノックをして室内に入ると、副社長は通話中だった。そっとドアを閉めて、壁際に立って待つ。

「……お疲れ様」

「すみません、お電話中とは知らず入ってしまいました」

「構わない。そこにある分が今回のものだから頼みます」

「かしこまりました」

いつまで私に任されるのか分からないけど、後任秘書が決まるまでと腹を括る。

「それと、来週から二週間、海外出張で不在にする。その間、経理業務は発生しないだろうから、ここには来なくていい」

「かしこまりました」

私と視線を交わさずに話しながら、忙しそうにキーボードを叩いている彼の長い指を見つめる。節がなくて、まっすぐ伸びた指が綺麗だと思った。

そういえば、グロスがはみ出していると唇に触れられてドキドキしたんだっけ……。あとは髪が乱れるほど撫でられたこともあった。

そんなことをぼんやり考えていると、私の視線に気づいた副社長に一瞥され、鋭さのある目つきに息をのむ。

「なにか、私に話があるのか？」

「あっ、先日いただいたお釣りで、検定の問題集を買い足しました」

とっさに思いついた話題で場を繋いだ。

「そうか。勉強は進んでるのか？」

「あまり自信はありません。結構難しくて」

「そうだろうな、二級に挑む意気込みだけは褒めてやる」

あと半月もすれば、試験当日を迎える。いくら勉強しても、もとから数字は苦手だし、過去問をやってみても得点配分の高い問題ほど自信がない。

「私がいない間も、〝自分磨き〟の手を休めることなく、勉強も頑張りなさい」

「はい。ありがとうございます」

副社長なりに、倉沢さんへの片想いを応援してくれているんだろう。この前だって、噂になって肩身が狭いことも察してくれたし、できることはないかと気遣ってくれた。

副社長が不在の二週間の間で、噂なんて消えてくれたらいいのに……。

業務をひと通り終えると、副社長が部屋の中にあるサーバーでコーヒーを淹れてくれた。

「ミルクでよかったよな？」

「はい。ありがとうございます」

副社長の自宅に行った時、ミルクだけを入れていたのを覚えていてくれたようだ。

さすが人の上に立って指揮をとる人は、こうした小さなことも見逃さない。取引先との会話はもちろん、相手の仕草をよく見て、自社の利益に貢献できるよう常々考える癖がついているのだろう。

「倉沢のどこが好きなんだ？」

「っ……‼」

息を吹きかけて唇をカップに近づけていた時、副社長に突然聞かれてこぼしそうになった。

「あはは、大丈夫か。火傷《やけど》しなかったか？」

彼はそんな私に目を細め、優しい眼差しを向けてくる。

「高校生以来の恋の相手というからには、相当惚れ込んでいるんだろ？　どんなところがいいと思っているんだ？」

「誰にでも平等に優しくて、親切で……それから仕事熱心だし、背も高くて眼鏡が似合うところも素敵だなぁって……。何度か話しているうちに、気づけばそう思ってました」

「……誰にでも、か」

好きな理由を聞かれるとは思いもしなかったけれど、気持ちが知られている副社長になら話せた。だけど、聞いてきた彼は、どうも釈然としない様子だ。

これからの二週間は私にとって大切な時間。試験勉強もあるし、自分磨きも抜かりなく頑張らなくちゃいけない。

副社長が応援してくれているんだから、いい結果を報告できるといいな。

――九月第一週。

副社長は予定通り欧州へ出張しているようで、社内共有のスケジューラーには二週間きっちり予定が入っている。

「倉沢さん主催のお疲れ会に誘われちゃったんだけど」

「え、本当⁉　いいなぁ。私も関われたらよかったのに」

土木施工グループからの書類を返却するためにエレベーターを待っていると、どこかの部署の女子社員が楽しそうに話しているのが聞こえてきた。

私も、みんなみたいに倉沢さんの話で盛り上がれたら、毎日がもっと楽しいんだろうな……。

新入社員のオリエンテーションで、構造設計グループを代表して話す倉沢さんにひと目惚れしてからというもの、私のことなんて知らない彼を目で追って。仕事でやっと名前と存在を覚えてもらえて……。

ようやく、片想いがカラフルに色づき始めたところだったのに、倉沢さんとはあれからすれ違っても話すことさえできなくなった。


それからあっという間に平日が終わり、週末はひたすら勉強に明け暮れ、食材の買い出し以外はずっと自宅に引きこもっていた。週が明けた月曜も、いつもと大して変わらず。

だけど、噂というものはそう簡単に消えてくれないらしく、〝私が落ち込んでいるのは、副社長が不在しているからだ〟などと言われるようになった。

副社長が出張に出てから、あれだけ話していた時間が皆無になって、なんとなく少し寂しいと思うところはある。でも、もとから接することなんてなかったんだし、用がなければ放っておくって言われたし……。

火曜が終わって、水曜の午後をやり過ごすように業務を片付ける。

仕事さえしていれば、特に問題はない。噂は消えないけど、だんだん耐性がついてきたようで、受け流せるようになっていた。


木曜、二十時。急ぎの依頼に対応するために、久しぶりにひとりで残業をしていた。

副社長に頼まれて銀座のお店に行った日以来の静まり返った室内に、自分のため息が響く。

さすがに疲れてきて、デスクチェアにもたれて大きく体を伸ばす。頭を後ろに倒して、ひっくり返った光景を眺めていたら、突然、経理室のドアが開いた。

「……っ、あははは！　深里さん、なにやってるの？」

「倉沢さん⁉」

書類が入ったクリアファイルを持った倉沢さんが入ってくる。

久しぶりに見た彼の姿に、ひっくり返ったままだった私はようやく体勢を戻した。

「ちょっと身体を伸ばしてたところで……」

「ごめんね、タイミング悪くて。別のフロアで会議してて、経理か会計に誰かいないかなって来てみたんだけど」

香川さんのデスクチェアを引っ張って、彼が隣に座った。

「皆さんいつの間にか帰られてたみたいです」

「いつの間にかって、深里さんよっぽど集中してたんだね」

「はい。気づけばこの時間でした」

そう言うと、彼は私が机上に広げている資料を見て、納得した様子だ。

「それ、深里さんが担当してくれるんだね。比較的規模が大きいから、大変だと思うけど頑張って」

「はい！　ここまで大きいプロジェクトに関わるの、実は初めてなんです。だから気合い入っちゃって」

「だから、手にペンの跡ついてるのか」

「え？」

手首を返して小指側の側面を見ると、黒や赤、青色が混ざって移っていた。

「これは、業務外です。今月、建設業経理士検定を受けるので、ランチタイムに勉強をした時についてしまって」

「え！　そうなの⁉」

「最初から二級受験っていう無謀な挑戦なんですけど」

「そんなことないよ。三級を取っても、うちの会社じゃあまり胸張れないしね。目標は高い方がいいんじゃない？」

べっ甲フレームの彼ににっこりと微笑まれて、半ば諦めていた想いが息を吹き返すようだ。

「実はね、俺も一級を持ってるんだよ」

「すごい！　一回で合格されたんですか？」

照れながら頷く彼に、小さく拍手をする。

大したことはないと謙遜《けんそん》するけど、一級を取得するのは簡単なことではない。財務諸表や財務分析、原価計算の三科目を受けなくてはいけないし、各合格率は三十パーセント前後で決して高くはない。きっと相当な努力をしたのだろう。

「もう少しで九月受験か。勉強進んでるの？」

「それがあまり自信なくて。得点配分の高い問題で必ずつまずくんです。読解力のせいかもしれないと思ったりもするんですけど……そもそも数字も強いわけじゃないので」

「えっ、経理室にいるのに？」

すみません、と謝ったら、倉沢さんは私の肩を軽く叩いて笑ってくれた。

「よかったら、これからちょっと見てあげるよ。今日時間ある？」

「いいんですか⁉　あ……でも」

倉沢さんとの噂があるのに、もし誰かに見られたらまた話せなくなる。

「大丈夫。この時間、誰も来ないところ知ってるから、おいで」

袖机から勉強道具一式を取り出し、彼の後について経理室を出た。人気《ひとけ》の少ない二十時過ぎの社内は、話し声も潜めてしまう。

十七階から三階までエレベーターでやってくると、倉沢さんは食堂に入っていった。

「……本当だ。誰もいない」

「夜カフェが二十時までだからね。それが終わったらセルフでしょ？　セルフでここを使う人ってそうそういないから」

端の方に行こうと言われ、入口が見える奥の席で隣り合って座った。

「どれが分からないの？」

テーブルの上で開いた参考書を見せると、彼は真剣な顔でじっくりと目を走らせた。

「工事間接費予定配賦率は二・七パーセントと……」

問題を分かりやすく私のノートに書き写してくれているようだ。

「この問三が、いつも迷うんです。残高が借方の場合はA、貸方の場合はBって、他の問題にも出てくるんですけど、どっちにするか」

「あぁ、なるほどね。それはさ――」

丁寧に教えてくれる彼の横顔にドキドキしながら、真剣に説明に耳を傾ける。

時々、問題集から目線を上げて、私を見てくれるたびに鼓動が鳴ってしまった。

「じゃあ、こっちの問題はできる？　今の説明で理解できてたら解けるはずなんだけど」

別の過去問を解きながら、教えてもらったことをひとつずつ思い出す。間近で倉沢さんが見ているせいで緊張しちゃうけど、ここはきちんと問題と向き合わないと、せっかく時間を割いてくれた彼に申し訳ない。

「――OK！　できたじゃん！」

「やったぁ！」

ふたりで向き合って微笑み合うと、彼は自然と片手を上げて私にも促し、ハイタッチをしてくれた。

噂になってからというもの距離の取り方に悩んでいたから、こうして明るく接してくれるのが嬉しい。

「ん？　どうしたの？」

「誰か来たかなって思って」

食堂の入り口に人の気配を感じた私は、そちらをじっと見遣る。

この時間は天井の照明が落とされているのではっきりは分からないけれど、海外出張中でいないはずの副社長の姿があったような……。

「誰もいないよ」

「気のせいだったみたいです」

「そっか」

セルフサービスのドリンクを持ってきてくれた彼と、コーヒーを飲んでホッと息をついた。


それから倉沢さんにお礼を言って、経理室に戻って社を後にした。

帰宅したのは二十二時を過ぎたころ。金曜だからいいけど、平日だったら疲れ果てていただろう。

倉沢さんには気のせいだと言ったけど、絶対に見間違いなんかじゃない。あれは副社長だったはずだ。

もう出張から帰ってきたのかな……。予定では、日曜帰国のはずなのに。

ベッドサイドで携帯を充電すると、ケースに差し込んだままの副社長の名刺が目に留まった。そして、一緒に銀座のお店に行った時のことが思い出される。

社員は副社長にとって大切な財産で、同志でもあって……私を女性として扱ってくれて……。

──『私の女になりたいなら、それなりに魅力を磨け』

思い出したひと言に、私は双眸を見開いた。

〝副社長の女になりたいなら〟という言葉が、すっかり抜け落ちていたのだ。

倉沢さんに興味を持ってもらいたい一心で、今日まで自分を磨こうとしてきたけれど……副社長がアドバイスしてくれていたのは、私が副社長好みの女性になるためだったのかな。もしそうだとしたら、私の倉沢さんへの想いを知ってどう思っただろう。

いくら私が外見を磨いたって、副社長のような人にはふさわしくないと思いながらも、今日までの出来事を思い起こせば、彼に確かめたいことが浮かんだ。

副社長は、どうして私の好きな人を聞いてきたの？

倉沢さんが好きだって言った時、項垂れていたのはなぜ……？

その時、どんな表情をしていたの？

突き動かされるように名刺に記載されている番号を打って、携帯を耳に当てていた。

話すことなんて決めてない。副社長の言葉の真意を聞いていいのかも分からない。

でも、なんだか話した方がいい気がして……。

《――御門建設、御門です》

十三日ぶりに聞いた副社長の声は、やっぱり変わらずに冷たい。だけど、それがちょっと懐かしく感じる。

《どちら様でしょうか？》

「……深里です」

《どうした？　なにかあったのか？》

「いえ、あの……」

まるで私の安否を気遣うようで、なんとなくかけてしまったなんて言えなくなる。

「もう帰国されたんですか？」

《あぁ、帰ったよ》

いつになく柔らかい声色は、彼の笑顔を思わせる。

「早く戻られたんですね」

《不服か？》

「そういうことではないのですが……」

私が曖昧に言葉を切ったら、彼も黙ってしまった。顔が見えない状況で沈黙が続くと気まずくて、話題を必死で探す。

だけど、彼に言われた言葉がずっと引っかかっていて、他に浮かばない。

《一日でも早く戻るつもりでいたんだよ。それはそうと、倉沢と仲よくしてるようでなによりだ。不在の間も、手抜きしなかったんだな》

やっぱり、見間違いなんかじゃなかった。話しかけずにその場を去ったのは、気を使ってくれたのだろうか。

「はい……副社長に言われたので」

《そうか》

いつになく穏やかな口調に、胸の奥がなぜかギュッと締めつけられた。

副社長が私を好いているはずがない。

彼のように華麗な経歴があって、家柄もよくて、仕事も完璧で……非の打ちどころがないような人が、地味で取り柄のない私を気に入るはずがない。

それに、彼ならいくらでも女性を選べる。社内にだって、かわいい人や綺麗な人、聡明でキャリアを積んでいる人が大勢いる。副社長の人脈なら、社外にもコネクションがあるだろうし、私が知らない世界をたくさん見ているはずだ。
《試験、上手くいきそうか？》
「……倉沢さんに、今日教えてもらって」
《勉強してたのか。倉沢のためにも、受からないとな》
「はい」
少し話してはまた沈黙が流れ、そのたびに自分の心音が鼓膜に響く。いつもより速いその音が、沈黙を繋いでいるようで耳を澄ませた。
《それで、どうして今夜に限って連絡をしてきたんだ？　なにか用があったんだろ？》
「っ……それは、あのっ……」
一層大きくなる鼓動の音が、言葉を詰まらせる。
《ん？　なんだ？》
「えっと……」
《まぁ、いい。じゃあ、また会社で》
「お、お疲れ様でした……」
終話音が聞こえて、大きく息をつく。

私が倉沢さんと上手くいくよう、背中を押して応援してくれる副社長の優しさをこの目で見てきた。

だから、一瞬よぎった考えはきっと間違いだ。

副社長が私を好いているなんてことは、あるはずがないと思う。


少しずつ秋が感じられる九月の日々は、空も真夏ほど攻撃的な青を広げていないし、蝉の声と暑さで寝苦しい夜も少なくなってきた。

日々の仕事ぶりを経理室長が評価してくれて、もう少し大きな案件の経理も任せてもらえることになり、近頃は一層やりがいを感じている。もちろんひとりで抱えるわけではなく、先輩に様々なことを教えていただく必要はあるけれど、早速目から鱗《うろこ》が落ちるほど作業効率のいい方法を習って、今日はとても充実した気分だ。

定時を少し回った頃、社を出て水曜の夕方の街を眺めながら歩く。

この前の日曜、建設業経理士の試験が終わった。昔から本番に強くないせいで、問題を見ただけで緊張してしまったし、他の人の筆記音に急かされたりして、手応えは正直あまり感じられず、合格の自信はない。

もし落ちたら、倉沢さんに謝らなければいけない。仕事終わりで疲れていたはずなのに、親身に勉強を教えてくれたあの時間を生かせなかったとしたら、私の努力不足だ。

十一月の合格発表の前に、倉沢さんにお礼くらいさせてもらいたいと考えているけれど、彼も忙しくなってきたようでなかなか会う機会に恵まれず、未だに話すこともできないまま。

思い立ったが吉日とはよく言ったものだと思う。試験が終わった直後に誘おうと決めた時より、時間の経過とともに決意が鈍ってきた。

もし断られたらと、ネガティブな考えが浮かぶ。そもそも噂の渦中にいるのに誘ったら迷惑かもしれない。

でも、こうして自分を磨いてきたのは、倉沢さんに振り向いてほしいからでもあって……。

駅前にはタクシーが列を成し、駅へ向かうビジネスマンやＯＬの中には、これからデートに向かうような恋人同士の姿もある。

だけど、今日も私は会社と家の往復で一日を終える。

ようやく試験勉強からも解放され、なにをして過ごそうかと考えつつ、ふとロータリーに視線を流した。

——あれ？　副社長だ。

愛車を停め、車外に出てスーツ姿の男性と話している。

話し声は街の喧騒でかき消されて聞こえない。副社長の表情はとても穏やかで、唇は弧を描いて少し嬉しそうだから、相手は社員ではないだろう。

だけど、なんとなく気になって眺めていると、彼らは突然抱き合って耳元でなにかを囁き合っていて……。

見てはいけないものを見たような気分だった。

副社長が結婚しないのは、男性が好きだから!?　あんなに恵まれているのに、浮いた話がほとんどないのは……つまり、そういうこと!?

信じられない現実に目を逸らすこともできず、ただ茫然と彼らが車に乗って去っていくのを見つめるしかなかった。

——勘違いだと気づけてよかった。自惚れを口にしていたら、また怒られたかもしれない。

『私の女になりたいなら、それなりに魅力を磨け』

あの言葉に、きっと深い意味はなかったんだろうな。

初めて見た副社長の笑顔は、今でも色濃く記憶に残っているけど……彼が私に対して恋愛感情なんて持つはずがない。
だって、副社長は女性と結ばれることを望んでいないのかもしれないのだから。
今日見たことは、他言無用。もちろん副社長本人にも伏せておこうと思う。
私が未経験なのを言いたくないのと同じように、彼にだって秘密はあるはずだ。

金曜の午後、副社長室を訪れるのも少しだけ慣れてきた。

「お疲れ様。今日はそれで全部だから頼みます」

「かしこまりました」

大きなL字型のデスクの一角に座り、時折横顔を見ながら作業をするのは今日で何度目だろう。

副社長の顔を見たら、この前、駅前で男性と抱き合っていた姿を思い出した。会社ではめったに見られない彼の笑顔も。

……私には、あんな風に嬉しそうに微笑みかけてくれることは、ほとんどないのに。

「なんだ?」

「いえ、別になんでもないです」

「人の顔を眺めるのが趣味か?」

「そんな趣味は持っていません」

倉沢さんにはできないような口の利き方も、どういうわけか副社長には平気できる。ただの平社員と副社長という立場を考えたら、失礼だと怒られて当然なのに、彼は平然としている。それが彼の懐《ふところ》の広さなのだろう。

「終わりました」

「ありがとう」

特に問題なく終わらせて、書類の端をきっちり揃えてまとめた。

「副社長、今度倉沢さんを食事に誘うのに、メールを送ってみようと思っています」

「……上手くいくといいな」

「はい。それで、ここまで私の相談に乗ってくださったついでに、もう少しだけ教えていただきたいことがあります」

少し面倒そうにキーボードの手を休め、ハイバックチェアの背にもたれた彼は私を見遣る。

「外見だけ取り繕っても、きっと倉沢さんを振り向かせられないと思うんです。仕事ばかり頑張ってもダメだし、性格だって彼の好みは分かりません。どうしたらいいと思いますか？」

「そんなの知るか。倉沢に聞け」

副社長は呆れた様子で大きく息をつく。

「……君みたいなタイプが倉沢を落とそうとしていると知った時点で、止めてやるのも優しさだったんだろうな」

「副社長は、私を応援してくださっていたんじゃないんですか⁉」

「別にどちらでもない。恋愛なんて相手ありきだからな。それに、君が失恋したところで、私に支障はない」

確かにそうだけど……もうちょっと親身な気持ちでいてくれてるんだとばかり思ってた。これも自惚れだって言われちゃうのかな。

「ただ、頑張っている姿は悪いものじゃない」

副社長はちょっと意地悪な微笑みを浮かべて、私に向き直った。

「私は倉沢の好みは知らないが、君の性格は悪くないと思う。人の外見や経歴ばかり見たりしないし、笑ってしまうくらい素直なところもある。しかし、それだけでは色気に欠ける」

「色気……ですか」

おそらく私にもっとも欠如《けつじょ》しているものを指摘されて考え込む。

今まで色気が欲しいと思って生活してきたことがないから、どうしたらいいのかさっぱり分からないのだ。

副社長はハイバックチェアから腰を上げ、私の隣に立つとデスクに右手をついた。

「……なんですか？」

「…………」

私の問いかけを無視して、彼は少しずつ距離を縮めてくる。見上げている私を覗き込むように、ゆっくりと。

副社長の魅惑的な瞳に私が映り込んだら、ドキドキと鼓動が鳴り出した。

「あのっ……」

とうとうコーヒーカップひとつ分の距離まで迫られて戸惑う。

鼓膜が震えるほどに響く鼓動は、副社長に電話をした夜、鳴りやんでくれなかったあの音と似ていて……。

「っ‼」

思わず呼吸を止めると、彼が私の顎先に指をかけ、自由を奪った。

「男を振り向かせたいなら、リップくらい塗っておけ。潤いのない唇は、食べたいと思われないぞ」

不敵な笑みを浮かべて呟いた副社長の声が鼓動と混じる。

彼は動揺している私をしれっと放置して、自席に戻った。

「リップくらい持ってます！　ほらっ、ほらっ‼」

ペンケースからメントールの薬用リップを取り出し、印籠《いんろう》を見せるように突き出すと副社長は呆れた顔をした。

「色気ゼロだな。仕方ないからこれやるよ」

「わっ‼」

彼がデスクの傍らに置いていた紙袋から透明の袋を放り投げ、私は慌てて両手でキャッチする。

「スペイン土産だ。定番だが、アガタ・プラダのバーム」

袋の中には、丸い小さな缶が五つも入っている。

「いただいていいんですか⁉」

「経理で迷惑をかけているからな。それは君にしか買ってきていないから、秘書に見られないようにしなさい」

私のために選んでくれたのが嬉しくて、つい笑顔がこぼれる。

「そんなに嬉しいか」

「はいっ！　ありがとうございます！」

副社長からもらったカラフルな缶に入ったバームは、恋のお守りにしよう。

くよくよ悩んでいても仕方がない。私から動かないと、なにも変えられないのだから。

なんだかんだ言って、私の背中を押してくれた副社長の優しさに感謝した。

翌週木曜。決心がつかないまま今日になり、私は昼休みに思い切ってお誘いのメールを送ることに決めた。

【倉沢さん、お疲れ様です。先日は試験勉強に付き合ってくださってありがとうございました。無事受験してきました。ぜひお礼がしたいので、お食事でもどうですか？】

数分かかって打ったメールを思い切って送信して、デスクに突っ伏した。

「深里さん、どうしたの？」

香川さんが私の様子に気づいて、そっと声をかけてくれた。

「ちょっと目が疲れただけです」

「そっか。お昼時だし、ランチに行く？」

「……行きましょうか」

倉沢さんは忙しい人だから、すぐに返事は来ないだろう。

気持ちを切り替えて午後の業務に取り組むためにも、香川さんと一緒に経理室を出た。

「深里さん、最近本当にかわいくなったよね。なにかいいことでもあったの？」

「なにもないですよ。週末は試験勉強ばかりで」

「そうなんだ！　偉いね、向上心があって」

大したことではないと首を振って返事をして、到着したエレベーターに乗った。

「社食に行く？　外がいい？」

「どっちでもいいです」

「じゃあ、社食。メニュー変わってから来てなかったんだ。いい？」

「はい」

十三時過ぎの社員食堂は混んでいて賑やかだ。フロアの三分の二を占める広さがあっても、席はどんどん埋まっていく。見たことのない社員も大勢いて、御門建設の規模が目に見えるようだ。

トレイを持って、注文の列に並ぶ。メニュー表と、食堂のおばちゃんが手書きしたイーゼルボードを見比べ、どれにするか悩みながら少しずつ進む行列に足並みを揃えていると、突然周りがざわついた。

「お疲れ様です！」

口々に挨拶が飛び交う方へ視線を向けると、副社長の姿があった。彼はいつもと変わらぬクールな表情と、鋭い眼光で食堂を見渡している。

社内人気が高い副社長の登場に、居合わせた女性社員たちは釘づけだ。

だけど、彼はまったく気にする様子もなく、食堂内にテナント誘致した大手カフェチェーンへ向かい、一般社員と同じように並んで注文の順を待っている。

「お姉さん、ご注文は？」

「あっ、えっと……Bセットください。ご飯は少な目でいいです」

副社長の動向ばかり気にしていて、いつの間にか順番が回ってきていたことに気づかなかった。私は慌てて注文をして料理を受け取る。

「深里さんって、副社長派なの？　私は副社長も素敵だと思うけど、でも、絶対に倉沢さん派だなぁ」

香川さんは、空席を見つけるなり座って話しかけてくる。

「香川さんはどうして倉沢さんがいいんですか？」

「だって、副社長の笑顔って見たことある？　いつも厳しい顔ばかりしていて近寄りがたいじゃない。怒ったら寿命が縮むほど怖いみたいだし」

「怒ってるんだから怖いのは当たり前ですよ」

「でも、倉沢さんはいつも朗らかでしょ？　一緒にいて楽しそうなのは倉沢さんだと思わない？」

答えに困り、私はハヤシライスを食べてごまかした。

確かに、副社長の印象は社内で言われている通りだ。あまり笑わないし、声色も冷たい。視線だって鋭くて、息の根を止められそうなほど突き刺さることだってある。しかも、整った顔立ちのせいで親近感はほぼ皆無だ。

でも、それだけではないとも思う。

銀座のお店では、外見で判断された私をかばってくれたし、社員を財産だと胸を張ってくれる熱い心を持っている。ちょっと言葉はキツいけど、話している表情を見れば怒ってるわけじゃないって分かる。

それに……不意に電話をしたあの夜の声は、すごく温もりがあった。突然の連絡を受けた彼は、なにかあったのかと私を案じてくれた。

きっとそれは、副社長が本当は優しくて温かい心を持っている人だから。

そうじゃなかったら、ただでさえ日々多忙な彼が、わざわざ私の恋愛相談を聞いてくれるはずがないし、試験勉強のことなんて気に留めないだろう。

なによりも、彼の笑顔は好き。めったに見られないけど、だからこそ彼が笑うと一瞬で心が明るくなるくらい嬉しくて……。

「それで、深里さんは副社長派なの？」

「私はどっちでもないですけど……」

香川さんの問いかけに返事を濁している間も、食事を終えた副社長がコーヒーを片手に食堂の中を歩くだけで、周囲の視線も一緒に動く。

常に注目を集めている彼が、私の恋愛相談に乗ってくれているなんて、誰が想像するだろう。それほど優しい一面があるって、どれだけの人が知ってるだろう。

「あ、来た来た！　やっぱり副社長も捨てがたいなぁ。あの綺麗な瞳で見つめられたら秒殺覚悟だもん」

「そ、そうですね……」

彼がどんどん近づいてくる。話しかけられたらどうするべきか、そればかり気になって、上の空で相槌を返してしまった。

「お疲れ様です！」

副社長が真横に来た時、香川さんが挨拶をしたせいで、一斉に私にも周囲の視線が集まった。

「……お疲れ様」

少しも笑みを浮かべず、彼は香川さんだけを見つめて挨拶を返し、食堂を去った。

よかった……。

話しかけられなかったことに、心の底から安堵する。

きっと、いつまでも消えない噂を気にしてくれたのだろう。

だけど、一度も目が合わないことをどこか寂しく感じてしまう自分もいた。


翌日金曜。週に一度の〝御門タイム〟と勝手に名づけた、副社長室での経理業務もだいぶ慣れてきた。

「――それは初耳です。とても魅力的なお話ですね。今度お会いした時にぜひ詳しくお聞かせください」

副社長は携帯で社外の誰かと話している。有力な情報でも入手したのか、機嫌よく終話した。

「なにかいいことでもあったんですか？」

「別にないな」

えっ⁉　今あんなに楽しそうだったのに、社交辞令だったの？

終話した途端、いつもの冷徹な真顔に戻った彼は、私を一瞥して言った。

「君の方こそ、倉沢から返事は来たのか？」

「……まだです」

「そうか」

待てど暮らせど、彼からの返信はない。送ってからあと少しで丸一日が経つ。

こんなに待つのがじれったくて落ち着かないなら、思い切って話しかけた方が早かったと、何度も後悔しているところだ。

経理書類を片付けつつ副社長を見遣ると、心なしか嬉しそうに見えた。

「やっぱり、いいことがありましたか？」

「……あったとしても、君に逐一《ちくいち》報告はしない」

また冷淡さを全開にした顔で、私と一瞬だけ視線を合わせて、忙しなくキーボードを打っている。

「終わりました。また来週伺います」

「お疲れ様」

予定通りの時間に経理室へ戻る。自席でパソコンにログインして、副社長室から送信したデータを早速確認してから経理室長に回付し、他に緊急の案件がないかメールをチェックする。

【遅くなりました】

倉沢さんからのメールがその他の連絡に紛れて届いているのを、すぐに見つけた。マウスを持つ指先まで鼓動が伝わり、ドキドキと脈打つたびに熱が奪われて、緊張で冷たくなっていく。

誰にも見られないようにウィンドウを小さくして、倉沢さんからの返信を表示した。

【深里さん、お疲れ様です。返事が遅くなってごめんなさい。バタバタしてて……っていう言い訳はしたくないんだけど、ちょうど外出とか打ち合わせとか色々重なってて……】

――そうですよね、倉沢さんはいつもお忙しいって分かってます。たった一日くらい、どんと構えて待てなくてすみません。

返信を読みながら、心の中で会話するように語りかける。それくらい、彼の文面からは優しさを感じる。

【本題だけど、お礼なんていいのに、気を使ってくれてありがとう。深里さんから声をかけてもらえると思ってなかったからびっくりしたよ。都合合わせてぜひ行きましょう。誰にも見つからない方がいいだろうから、当日は現地集合でお願いします。次から、連絡は携帯にください。番号は下に書いておきます】

勇気を出して、一歩踏み出せてよかった。彼の連絡先まで教えてもらえるなんて、すごい進展だ。

やっぱり自分から動かないと変わらないこともあるんだなぁ。

早速、記載されていた連絡先をメモして、携帯ケースの挿し込みに入れた。

それから、倉沢さんと何度か連絡を取り合い、翌週木曜の十九時に待ち合わせが決まった。

楽しみにしていることがあると、毎日はあっという間に過ぎる。

「お待たせ。迷わずに来れた？」

「はい。地図を送ってくださったので大丈夫でした」

「そう、よかった」

倉沢さんと待ち合わせをしたのは、今夜食事をするお店の近くのコンビニ。楽しみすぎて約束の二十分前に到着してしまい、コンビニで時間を潰していたなんて恥ずかしくて言えない。

予約してくれているお店は目黒《めぐろ》駅から徒歩八分ほどの裏通りにある。この辺りに馴染みがない私は、彼についていくことにした。

「倉沢さんは、目黒にはよく来るんですか?」

「大学生の頃、この辺でひとり暮らしをしてたんだよ。だから、深里さんが店選びを任せてくれた時、すぐに思い浮かんで」

「そうだったんですね。お店選びから予約までお任せして、本当にすみません。忙しいのに余計な仕事を増やしてしまって……お礼がしたくてお誘いしたのに」

「気にしないでいいよ。それに、頼られるのは結構好きだから」

十月に入ったばかりなのに、夜風がひんやりしている。だけど、火照った頬には心地いい。

一歩先を歩くトレンチコートの彼の背中はしゃんとしていて、入社以来抱いてきた憧憬《どうけい》とともに心が惹きつけられる。

「いらっしゃいませ」

「予約した倉沢です」

「お待ちしておりました。ご案内します」

ビストロの店内には、デミグラスソースのいい香りが漂っている。店員の案内で通路を歩く間、カウンター席と仕切られたテーブル席が四席ずつあったけど、彼が予約してくれていたのは奥にある個室だった。

トレンチコートをハンガーに掛け、席に着くなり彼はメニューを開いた。

「あー、腹減った。なに食べる？　最初はビールでＯＫ？　っていうか、深里さんはお酒強い？」

「えっと……」

「ごめんごめん、深里さんとふたりで食事するのが新鮮で、質問攻めにしちゃった」

白い歯を見せて笑う彼がなんだかかわいくて、また心臓が掴まれたようにきゅんと音を立てた。

ふたりで食べるものを決めて、先に出された中ジョッキの生ビールで乾杯をした。

食事をしながら色々な話をした。向かい側に座っている倉沢さんが、私の話もちゃんと聞いて楽しそうに笑ってくれるのが嬉しい。

彼が言っていた好きな人——私と同じくらいの身長だというその人が自分だったらいいなって、今日まで何度思っただろう。そんなはずはないって言い聞かせるけど、心のどこかで期待してしまう。

「倉沢さん」

「ん？　あれ、酔った？」

「まだ、ほろ酔いです」

「俺も」

頬が赤いのは、お酒のせいじゃないと思う。

入社してからずっと好きだった彼が、手を伸ばせば届く距離にいる。それが、この恋を後押ししてるみたいで……もう告げてしまいたいと思った、私の恋の熱のせい。

彼が取り分けてくれた赤身肉を食べ、咀嚼して飲み込み、ふぅっと息をついて顔を上げた。

「あのっ……驚かないで聞いてほしいんですけど」

人生初の告白を前に緊張して、声が上ずってしまう。今の私はきっと複雑な表情をしているだろう。

「あ、あの……好き、なんです」

「……肉が？」

「お肉も好きですけど」

「俺も、ここの肉はすごく好き。学生の頃から大好物でさ」

同じように小皿に取り分けた赤身肉を頬張って、「うまっ」と言いながら食べる彼を見つめる。

「私は……倉沢さんが好きなんです」

片頬をお肉で膨らませ、目が点になった彼と見つめ合う。

――好きです。

倉沢さんは、どう思っていますか？　こんな私に告白されても、ドキドキしないですよね？　ずっと地味だった私に、興味を持ってくれた時なんてないですよね？

数秒後、肉の塊を飲み込んでから四杯目に頼んだ赤ワインを含んだ彼は、私と目を合わせてくれなくなった。

「ごめん、ちょっとびっくりして」

「そうですよね、まさか私なんかが告白するなんて思わないですよね。それに、こうして食事に誘う時点で驚かせてしまったのに……一体なにが起きたのかって感じですよね。すみません」

沈黙が怖くて、話していないといられない。

きっと振られるんじゃないかって、彼の表情から汲み取ってしまったから。

「最近、深里さんがすごくかわいくなってきたとは思ってたよ。でもさ、副社長の件があったでしょ？　だから、俺みたいなサラリーマンと御曹司じゃ比べものにならないって思ってた」

「そんなことないです！　私、副社長とは本当になにもなくて」

「うん、分かってるよ。深里さんは俺のことを好きでいてくれたんだもんね」

やっと微笑んでくれた彼に、視界が滲む。

——お願い。好きなんです。どうかこの恋を繋いでください。

「俺もね、今日言っておこうと思ってたことがある。実は、海外に転勤が決まってるんだ」

「海外⁉　どこの支社ですか？」

「そんなに遠くないよ、マレーシアだから。メールの返事が遅かったのは、そのプロジェクトで結構立て込んでて。本当にごめん」

「いえ、それは気にしていませんので」

間を取った彼が、またワイングラスを傾ける。

私もどうしたらいいのか分からなくて、同じようにワインをひと口飲んだ。

「深里さんはいつも真面目に頑張ってるし、俺と会うとにこにこしてくれるから、すごく好感は持ってたんだ。でも、それは恋愛感情ではなくて……。こんな俺を想ってくれて、本当にありがとう。それから、ごめん」

「……お礼なんて言われるようなことしてないです」

彼の困った表情を初めて見て、なんだかつらくなる。感謝されたくて、告白をしたんじゃないのに……。謝られるともっと切なくなる。

「前に、好きな人がいるって言ったでしょ？　その人のことも諦めたんだ。マレーシアに連れていけるような関係でもないし、帰国が五年先の予定だから付き合ってほしいとも言えなかった」

私が黙って聞いていると、彼はひと言ずつ選んで優しく話してくれる。だけど、その表情はとても切なそうで。

彼の恋なのに、どういうわけか私まで悲しくなって……涙がこぼれた。

「だから、深里さんに気を持たせたくない。いつか戻るまで好きでいてなんて、無責任なことも言えないんだよ。本当にごめんね」

もっと思い切り振ってくれたらよかったのに、こんな優しさを見せられてしまっては、彼が日本を発つその日まで気持ちを引きずってしまいそうだ。

会社で顔を見ることもなくなったら、どれだけ寂しくなるんだろう。

想像すると、失恋以上に悲しく思えた。

帰りは、お店の前で別れた。

彼に背を向けて、踏み出したら涙が溢れて止まらなくなる。

倉沢さんが笑ってくれると嬉しかった。彼に会えただけで、その日一日が幸せなものに変わった。

彼がいてくれたから仕事も好きになれたし、同じ会社にいられるのが、いつの間にか誇りになっていた。

近くにいる遠い存在の彼に手を伸ばし続けたけれど、やっぱり掴めなかった。

帰宅して、靴も脱がずに玄関に座り込む。

止まらない嗚咽《おえつ》を閉じ込めるように膝を抱えて、溢れるままに涙を落とした。

青天の霹靂

十月中旬、毎週金曜の〝御門タイム〟。

静まり返った室内に会話はなく、私と副社長がキーボードを叩く音だけが絶え間なく響く。

倉沢さんに振られて二週間。仕事もなんだか楽しく感じられないし、食事もあまり美味しくない。毎朝出社するのも気が重くて、失恋ってこんなにつらいものだったのかと思い知らされている。

彼がマレーシアに発つのは年末。来期から着手する新規プロジェクトの準備のため、前倒しで現地入りすると聞かされた。残りの日を数えるたびに、涙が滲みそうになる。

なにかあったら連絡していいし、今まで通り同僚でいさせてほしいって……そんな優しさだけを得て、私の恋は終わった。

「――おい、聞いてるのか」

「っ、はい」

仏頂面で私を呼んでいた副社長が、冷たく見つめている。

「このところ、仕事に身が入っていない。一体なにがあったのか話してみなさい」

——言いたくない。

失恋したなんて口にしたら、現実味が濃くなって泣きたくなる。それに、副社長には私の恋を応援してもらっていたから、余計に話しにくくて口を噤んだ。

「聞いているのか？」

「はい」

涙声で返した私に呆れた様子で、副社長は椅子を回転させて正面から見つめてくる。

「寝癖がついたまま出社するんじゃない。メイクが崩れたら直しなさい。君が自分で変わりたいと言ったのに、どういうことだ？」

「………」

「なにがあった？」

失恋のショックで、魅力を磨く意欲がなくなってしまった。

やっぱり倉沢さんに恋をしていたから、毎朝早起きするのも苦じゃなかったし、周囲の視線がどんなにつらくても頑張れたのだと実感する。

「倉沢を振り向かせるのに、頑張るんじゃなかったのか？」

「そうです、けど……」

返事をしたら、こらえ切れず涙がこぼれた。副社長のデスクの傍らで作業をしていた私の手元が少しずつ濡れていく。

「泣くほどのことがあったなら、どうして私に言わない？」

副社長が帰国した夜、電話越しに聞いた優しい声色が頭上から聞こえて、私はふと彼を見上げた。

「見るに堪えないな、泣き顔は」

「すみません……」

「でも、君なりに頑張っているんだろう？」

副社長が、私の髪をそっと撫でる。

寝癖がついてて、ちっとも綺麗にできなかった私の髪をあやすように優しく。

「頑張っている人は輝いて見える。これはなにがあっても揺るがない。だから、君がしてきたことはなにひとつ無駄じゃないし、これからも続けることに意味がある」

少しも微笑んでくれないのに、副社長の瞳はいつになく憂《うれ》いを帯びているように見えた。

――倉沢さんと接することがなくなったら、噂は消えた。きっとプロジェクトのことで彼の周りも多忙を極め、それどころではなくなったせいかもしれない。

経理室もやることが増えてきた。

年末が迫るにつれて次年度の課題も出てきて、打ち合わせの時間も多くなる。任される仕事にミスがないよう、細心の注意を払って取り組んだ。

目の前のことを続けていたら、きっと失恋なんて忘れられる。片想いは今年に置き去りにして、年明けからはもっと前を見て進んでいけたらいい。

そう思うのに、心に空いた穴はなかなか塞がってくれず、切なさを隠すために強がるのが少し上手くなってしまった。


十月下旬になり、変化がひとつ訪れた。

金曜恒例の〝御門タイム〟が今日で終わるのだ。副社長の秘書がようやく決まったと、経理室長に申し出があったらしい。

「失礼します」

「――どうぞ」

少し間が空いてから返事が返されるのは、副社長が誰かと通話している時だ。

ドアを押して入ると、やっぱり携帯を耳に当てていた。

指をさされた彼のデスクの傍らに、今日の分の経理書類が準備されている。そっと椅子に座って、作業を始めた。

「永井社長なら、そちらの案を選ばれると思っておりました。弊社としましてもそちらの方がよりよいと思っております。見積額については、改めて数字を提示できるようにしますので――」

得意先である永井ホールディングスのCEOと話しているらしく、デスクに広げた大きな図面を見ている彼の横顔が凛々しい。

「かしこまりました。ではまた後日、よろしくお願いいたします。日時は秘書の九《く》条《じょう》さんに、私の秘書から連絡を差し上げます」

通話を終えた彼は、すかさずパソコンで作業を始め、設計に関わる各部署の上役に携帯で連絡を入れた。

「副社長、作業が終わりましたので失礼いたします」

三十分ほど経ってから声をかけると、彼は資料から目を上げた。

「ありがとう」

「こちらこそ、貴重な経験をありがとうございました」

「今夜は空いてるか？」

「……はい」

「十八時半に駅前で待っていなさい。たまには食事でもしよう」

最近は周囲の興味が失せたのか、副社長との噂も少しずつ消えてきた気がする。秘書とすれ違っても、高圧的な雰囲気は感じない。あれ以来、彼が突然経理室を訪れることもないし、エレベーターで遭遇することも減ってきたからかな……。

だけど、ふたりで出かけるところをまた誰かに見られてしまったら、今度こそ決定的なものとして噂されるに違いない。

そう考えて、すぐに返事ができなかったけれど……。

「予定があるなら、日を改めるが」

「いえ、特にありません……」

「迎えに行くから、待っていなさい」

はい、と答えると、彼は柔らかく微笑み返してきた。


十八時。仕事を終えた私は経理室を出て、パウダールームに立ち寄ってから駅に向かった。副社長からは途中で『急ぎの案件で少し遅れる』と連絡が入り、予定より十分ほど経った頃、彼は急ぎ足でやってきた。

「すまない、遅くなった」

「いえ。お忙しいと思いますので、気になさらないでください」

「大丈夫だったか？　特になにもなく待っていたか？」

「はい、大丈夫です」

到着するなり、気にかけてくれる彼の優しさに触れ、心の奥がほんのり温かくなる。

「今まで手伝ってくれた礼だから、好きなものを食べさせてやる」

「本当ですか⁉」

「あぁ」

隣を歩く副社長を見上げたら、ちょっと楽しそうだ。

きっと社内の誰もが知らない彼の優しくて穏やかな表情は、私が甘えることを許されているようで、なんだかホッとする。

「副社長は、なにを食べたい気分ですか？」

「君が食べたいものを聞いているんだから、気を使わずに我儘《わがまま》を言いなさい」

「……後悔しても知りませんよ？」

彼は白い歯を少し覗かせた微笑みを浮かべて、小さく頷く。

「イタリアンです。とても美味しくて、一生に一度レベルの」

「もっと我儘を言っていいんだぞ？」

「えっ⁉　十分言ったつもりですが……」

「まぁいい。今日は酒を飲むから、タクシーに乗ろう」

副社長がロータリーに列を成していた先頭車両に合図して、私を先に乗せてくれた。

「白金高輪《しろかねたかなわ》駅の方へ向かってください」

彼が運転手に告げた行先に、緊張が走る。高級住宅街にある店なんて、私は場違いに違いない。

青ざめている私をよそに、彼は携帯ですんなりと予約を入れ、終話すると隣の私を見遣って笑った。

「あはは、君が緊張しているのを久しぶりに見た」

「そうですか？　副社長の前ではいつも緊張していたはずなのですが」

「最初だけだろ？　私に恋愛相談をしてきたり、試験勉強の弱音を吐いたりする社員は今までひとりもいなかったよ。それに、平然と言い返してくるのも、君くらいなものだな」

「……失礼いたしました」

「謝る必要はない。君らしくていいと言っているんだよ」

赤信号で停車した先に広がる街並みを、副社長は携帯のカメラに収めた。ハロウィンの色に染まった店先や通りを眩しそうに眺めては、何度かシャッターを切っている。

「写真が趣味なんですか？」

「趣味ではないが、写真くらい撮る」

そのわりに撮った写真を眺めている彼の横顔は、とても和やかで。

「なんだ？」

「ちょっと意外だっただけです」

「そんな珍しいものを見たような顔をするな」

まったく、と言いたそうに副社長はシートに背をもたれたけれど、横顔には柔らかな微笑みが浮かんでいた。

二十分ほどタクシーを走らせた後、彼が店までの詳細なルートを案内し、ほどなくして到着した。

住宅街の中にひっそりと建っている一軒家のレストランは、白亜の壁がほのかにライトアップされていて印象的だ。門をくぐって入った私たちを見るなり、黒のギャルソンエプロンをした男性店員が丁寧に一礼した。

「こんばんは。御門です」

「お久しぶりです。ようこそいらっしゃいました。どうぞお二階の特別席へ」

店内に入ると、受付にいた女性店員がコートを預かってくれた。

すでに家族連れや恋人同士で賑わう一階席の景色を眺めながら、入口近くの木目の螺旋《らせん》階段を上る。

「馴染みのお店なんですか？」

「そうだな。イタリアンはここと、もう二軒くらいしか行かないと決めている」

特別席とはいえ、二階にも先客がいると思っていたのに、用意されているのはテーブル席がひとつだけ。階下の談笑の声が少し漏れ聞こえてくるほど静かだ。

「……いいんですか？　こんな素敵なお店に私と一緒で」

「君が一生に一度レベルのイタリアンがいいと言ったから連れてきただけだ。ほら、好きなものをなんでも頼みなさい」

向かい合わせに座り、広げて渡されたメニューには、価格表記がない。それに、見聞きしたことのない料理名に、目が点になってしまった。

「どうした？」

「あの……本当になんでもいいんですか？」

「好きなものを好きなだけ頼みなさい」

なにも言わなくても、食前酒のシャンパンが出てきて、食事と赤ワインの注文を済ませた彼はグラスを持って私に乾杯を促した。

「今日まで、本当にありがとう。助かりました」

「こちらこそ、改めてこのようなお時間を作ってくださって、ありがとうございます」

グラスを持ち上げると、立ち上るきめ細かな泡が揺れた。

「こちら、前菜の毛蟹とアボカドのセルクル仕立てです。別添のキャビアと一緒にお楽しみください」

しばらくして、店員が前菜を運んできた。その綺麗な盛り付けに目を奪われる。口に入れれば、見た目以上の美味しさに感嘆してしまった。

「んー‼　美味しい‼」

そんな私を見て、副社長は向かい側で優しく目を細め、口角を緩やかに持ち上げた。

「ははっ、うまいか？」

「はい！　こんなに美味しいイタリアン、初めてです」

「そうか、それならよかった」

レストランの外観や内装はもちろん、雰囲気や料理まで一生に一度レベルだ。さすが御曹司ともなると、こういうお店をよく知っている。

次いでテーブルに並んだのは、フォアグラのソテーや赤ワインソースの和牛フィレ肉のグリル。

その光景に、倉沢さんと食事をした最後の日を思い出してしまった。こうして向かい合って一緒にビールを飲んで。お肉を食べて、美味しいって笑顔になって。

懐かしいって感じるのが、こんなにも切なく思う日が来たんだと思ったら、もの悲しくて鼻の奥が涙でツンとした。

ふと視線を感じて顔を上げたら、ワイングラスのステアに指を絡めた副社長と目が合った。

「倉沢が年明けにマレーシアへ赴任するのは聞いたか？」

「……はい」

「引き離してしまって申し訳ないが、私の一存ではどうにもならないこともある。倉沢がいなくなったら、君が寂しがるのは分かっていたんだが……」

「……はい、寂しいです」

「正直だな」

「すみません」

せっかく労ってくれているのに私情を挟むなんて失礼だと分かっていても、忘れられない思い出が涙になってこみ上げてくる。

「気持ちは伝えたのか？」

「…………」

頷くと、大粒の涙が落ちた。

あんなに泣いたのに、まだ涙があったんだと驚く。

早く思い出になってくれたらと思うのに、過去になるのが悲しいなんて複雑だ。

「倉沢さんも好きな人への想いを断って、マレーシアに行くそうです。だから、私の想いには応えられないし、帰国する五年後まで好きでいてほしいとも言えないと言われました」

「……そうか」

赤ワインを飲み干した副社長は、複雑な表情を浮かべた。

「すみません、暗くしてしまって」

「構わない。泣きたければ思う存分泣きなさい」

副社長の声色はとても優しくて温もりがある。泣いている私を見ても、なにも言わずに微笑んでいてくれるだけだ。

「君の恋が終わったことしか私には分からない。君の心がどれほど傷ついているのかを推し量ることはできても、完全に理解するのはきっと無理だろう」

冷静に話し出した副社長は、魅惑的な瞳でまっすぐに私を見つめていて。

「でも、そういう時は少しくらい寄りかかってもいい。君はひとりで抱え込んで、ひとりで頑張ろうとするからつまずくんだ」

「はい……」

仕事も恋も、ひとりきりじゃできない。

チームワークや周りとのコミュニケーションなしでは、仕事は成し遂げられないことは分かっている。恋愛も、相手がいなければできないことだ。好きな人がいて初めて感じられる想いがあって……。

「分かったか?」

「……はい。泣いてばかりいないで、前を向いて頑張ります」

「そうじゃない」

彼はフォークを置くと、ほんの少し息をついてから、私にゆっくり向き直る。

「私以外に、君を支える男はいないと言っているんだ。……今日は無礼講でいい。最後まで付き合ってやるし、どんな我儘も叶えてやるから言いなさい」

「……ありがとうございます」

彼が優しく微笑みかけてくれるだけで、心が包み込まれるように感じた。

自家製ローストビーフを食べていると、彼はバッグから煙草を取り出した。

「君に煙がかからないようにするから、吸っても大丈夫か？」

「どうぞ」

副社長が愛煙家とは知らず、火を点けて吸う仕草を見つめてしまう。

「愛煙家だったんですね。意外です」

「会社と自宅では吸わない。仕事以外の酒の席だけだ」

「……ってことは、今は」

「礼を兼ねた、デートだからな」

「で、デート⁉」

慌てる私に、彼が冷たい表情を見せる。だけど、彼の瞳が優しいから、すぐにからかわれていると気づいて小さく笑うと、やっぱり彼も微笑み返してくれた。

「デートの経験も、高校生以来か？」

「いえ……つい先日」

「あぁ、ごめん。思い出させたな」

倉沢さんと食事をした日をまた思い返していると、副社長は紫煙《しえん》を燻《くゆ》らせながら私を見つめてくる。

「大丈夫です。副社長、私にアドバイスをしてくださってありがとうございました。前よりも少しは自分に自信を持てたような気がします」

片想いの時間はいいものだった。好きな人がいる毎日が充実していたと思えるようになったのもひとつの成果だ。

「礼なんていい。女が泣いているのは見ていられないし、自信なさそうに俯いているのが放っておけないだけだ」

彼はグラスに残っていたワインを飲み干し、ボトルを傾けて注ぎ足す。

「……私は、副社長にとって〝女〟なんですか？」

「何度も当たり前のことを聞くな。君はひとりの女性だろう？」

副社長と初めて出かけた銀座の夜。あの日、彼が私に言ったひと言が、ずっと心に引っかかっていた。

私は、魅力を磨くことの大切さに気づかせてもらったとばかり思っていたけど……言葉の真意を聞けないまま、今日になってしまった。

「副社長は、どうして私に優しくしてくれるんですか？」

彼は問いかけには答えることなく、店員にデザートを出してもらえるよう頼んだ。

「君こそ、銀座の店でのことを、なぜずっと気にしている？」

「それは……副社長の心の中を覗けたらいいなって思うからです。ずっと抱いていた印象と違ったので……本当はどんな人で、なにを考えているのかなって……」

だけど、彼から答えをもらえぬままお酒が進み、いつの間にか話題も変わってしまった。

お腹も満たされた頃には、酔いも回って……向かい側に座っている副社長が霞んで見えて――。


包み込むような心地いい柔らかさと温もりに気づき、ふと目を開けた。

大きな窓の外には、煌びやかな夜景が広がっている。それから、高い天井と艶のある白い大理石の床と……。

ハッとして目を見開くと、私はとても広いベッドで寝かされていて、隣には副社長が横になっていた。

慌てて羽毛布団の中を見たら、紺ニットを着ているし、フレアスカートも穿いたままだ。

「……起きたか？」

彼は黒いパイル地の部屋着を着ているようで、会社とは違うリラックスした雰囲気と色気にぞくっとした。

「どんな我儘も叶えてやるとは言ったが、眠っていいとは言ってない。仕方ないから自宅に連れてきたが……その様子だと記憶がないようだな」

「すみません‼　すぐに失礼しますので‼」

ベッドから出ようとすると、彼の長い腕が私の手を引いた。

「……体調は悪くないか？」

「大丈夫です。ありがとうございます」

眠ってしまうほど飲んだのに、頭痛もしないし気分も悪くない。きっと質のいいお酒だったのだろう。

「そうか。じゃあ、まだいいよな？」

「っ⁉」

掴んでいた私の手を一層強く引いた彼は、突然私を抱きしめて腕の中に閉じ込めた。はだけた部屋着から鍛えられた胸板が覗いていて、思わず息を凝らす。

「店で言ったことを覚えているか？」

「……………」

順を追って記憶を手繰り寄せる。でも、失恋した私を甘やかしてくれた副社長の優しい微笑みが思い出されるだけで、記憶は曖昧だ。

「心の中を覗きたいと言っただろ？」

低くて冷静な声色が、彼の胸元から響いて聞こえる。

「そんなに知りたいなら、教えてやらないこともない」

「っ、本当ですか⁉」

引っかかっていたことがやっと消化できると、私は彼の胸元から顔を上げた。だけど、彼は目が合うとすぐに私をきつく抱きしめ直した。

「副社長？」

「見なくていい。このまま話を聞け」

ゆっくりと視線を上げると、彼の喉と顔の輪郭が見える。ベッドサイドの明かりのせいか、顔がいつもより赤いような気がした。

「そもそも、君は私をなんだと思っている？」

「副社長です」

「では、男として見たことはあるか？」

副社長はとても優しくて紳士的で、社員を心から大切にしてくれる。それに、誰よりも仕事熱心で尊敬できる人だ。

でも、彼の手が綺麗で大きくて、触れられるとどういうわけかドキドキしたこともある。困っていると助けてくれるし、私をいつも案じてくれたり……。こんなに私を気にかけてくれるのが、どうしてなのか分からないから、知りたいと思っていて……。

「俺は、なんとも思っていない女に優しくしない」

彼の声が聞こえなくなりそうなほど、鼓動がうるさい。それに、〝俺〟と言う副社長の声色に、今までとは比べ物にならない色艶を感じて……もう一度彼の顔を見上げた。

「っ……‼」

腕の中にいる私を魅惑的な瞳で見つめている彼と、思い切り目が合ってしまった。

「俺は自分を分かってくれて、必要としてくれる人がひとりいてくれたら十分だ」

「でも、副社長は女性より男性の方が」

「……どういう意味だ？」

副社長ほどの人なら引く手あまただろう。綺麗な人もかわいい人も、どこかの令嬢だって選べる。

だけど、副社長が駅前で男性と抱き合って、耳元で嬉しそうに話していたのを見てしまったのだ。

「以前、男性と駅前のロータリーで……その、だ、抱き合ってましたよね？」

口ごもった私に向けられるのは、冷徹な表情だ。こうして親しくさせてもらうようになる前まで、私が抱いていた印象通りの冷たい視線が突き刺さる。

その瞳に映っていられず、今度は自ら視線を下げた。だけど、色気のある胸板が目前にあって、思わずまぶたを閉じてしまった。

「……そうだな。大切な人だ」

「心に秘めておこうと思っていたのですが、すみません」

「構わない。君の勘違いだからな」

「えっ⁉」

驚きとともに顔を上げると、口角を綺麗に持ち上げて微笑む彼と目が合った。

「あの方は、ミラノの客先の専務だ。挨拶程度のハグくらいは応じる」

「……そうだったんですね」

誤解と知ってホッと胸を撫で下ろしたら、副社長がゆっくり腕を解いた。

「少し考えれば分かりそうなものだが……君らしい誤解ではあるな」

「失礼しました」

「ところで、俺も聞きたいことがある」

「はい」

「君は、ずっと抱きしめられていて平気なのか？」

上体を起こした彼は、突然私に馬乗りになった。

男性にベッドに組み敷かれるのは初めてで、心臓が大きく飛び跳ねる。それも相手が副社長だと思ったら、再び身体中を緊張が駆け巡り出した。

「俺はいくら立場があっても、こんな状況でなにもせずにいられない気分だ」

「ふ、副社長⁉」

間を置くことなく顔を寄せてきた彼は、色っぽい視線で私を見つめてくる。

キスを意識させる距離のせいで、私の頬は際限なく熱を持ち、声を出すこともできなくなって。

「好きでもない女に、こんなことはしない」

視点が定まる限界で、彼が見下ろしてくる。

……まっすぐに、情欲的に。

「半端な愛情なら、世の中に腐るほどある。君にはそんなもので満足してほしくない」

彼は視線を逸らすことも禁じ、私の両手を取ってベッドに押さえつけた。

「傷心の君に迫るような悪い男だけど、俺はたったひとりを愛する。他の女には見向きもせず、愛情のすべてをひとりに注ぐと決めているんだ」

彼がしっとりと口づけてきて、呼吸まで奪われた。

そっと離れた唇の熱が残っている。彼の瞳や言葉の熱量に似ていて、その感触は一瞬で記憶に焼きついてしまった。

「俺の女になれ」

「っ!?　あのっ……」

「答えが出たら報告しなさい。俺はいつまでも待ってやる」

それ以上はなにも言わず、彼は魅惑的な瞳で見つめてくるばかり。そして、私をきつく抱きしめた後、もう一度キスを落とした。

心の矢印

週明け、月曜日。

経理室の自席に着いても、副社長と過ごした金曜のことばかり考えてしまう。

彼の色気にのみ込まれ、口づけと熱い抱擁とともに想いを告げられた後、ひとつのベッドで眠った。

朝まで私を腕に包んで放してくれなかった彼の温もりは、まだ鮮明に覚えている。

それに、土曜の昼前に帰宅する時は、寂しそうな表情まで見せられてしまった。

『いつまででも待つ』と言われているけれど、二日経っても自分の気持ちに答えは出ていない。多くの女子社員の羨望を集める副社長が、まさか私を想ってくれていたなんて、どう考えても信じられなくて……。

「おはよう、深里さん」

「お、おはようございます……」

出社してきた香川さんと挨拶を交わすだけで緊張が走る。誰にも知られているはずがないと分かっていても、副社長に告白されたせいでソワソワする。

「寝不足？　なんだかぼーっとしてるね」

「そうかもしれません」

香川さんの言う通りだった。土曜と日曜の夜は、自宅のベッドで隣に視線を流すだけで、彼の色気がそこにあるようでドキドキしてしまうし、目を閉じれば副社長のキスが浮かんできて、あまり眠れなかった。

彼の告白は間違いなく真剣だった。普段は感情をあまり表に出すことのない彼が、真摯に心からの想いを伝えてくれた。だからこそ、私なりにきちんと答えを出さなくてはと気が急ってしまう。

だけど、二日経って分かったこともある。

たったひとりを愛し、その愛情のすべてをその人だけに注ぐと言い切った彼に愛されたら、間違いなく幸せということだ。

それから、私のような地味女子が、彼の想いを受け入れるかどうかを悩むなんて、贅沢すぎるということも。

「お疲れ」

「っ‼　お疲れ様です」

営業部に依頼されていた資料の原本を届けるために社内を歩いていると、突然背後から副社長に声をかけられて驚いた。

彼は冷徹な表情を崩すことなく、私と並んでエレベーターの到着を待っている。

金曜の夜と同じ人とは思えないそのギャップに、ドキッとさせられた。

「元気になったか？」

「……大丈夫です」

「そうか。まぁ、俺はそれを治す術《すべ》を知っているが、君次第だからな」

彼は、今日も変わらず気遣ってくれたけれど、告白の返事を待っていると仄《ほの》めかされて、つい俯いてしまう。

「今日は何時に帰れそうだ？」

「十八時頃にはと思っています」

「業務が終わったら、副社長室に来なさい」

エレベーターが到着して、副社長が先に乗っていた社員に混じる。途端に緊張感に満たされ、誰もが無言になった。

ふたり揃って乗り込んだせいで、好奇の視線を感じて居心地が悪い。そっと彼を見遣ったら、まったく気に留めていない様子で正面を見据えているだけだった。

告白を受けてから初めての呼び出しに、早くも緊張で胸の奥が鳴り出す。

業務時間外の約束は、経理ごとの要件ではないと分かっているけれど、なぜか断ることができなかった。

経理室がある十七階で先に降りるなり、私は深く息をついた。


——十八時過ぎ。

秘書室の前を足早に通りすぎ、副社長室のドアをノックした。

「どうぞ」

いつもと変わらぬ声色で返され、ゆっくりドアを押し開けた。

「君か。お疲れ様」

「お疲れ様です。あの……ご用件はなんでしょうか？」

「用件？　特にない。君とふたりきりで会いたかっただけだ」

副社長はパソコンや資料を見ながら、いかにも当然のように言う。

ペンを置いて傍らのコーヒーを飲むと、ハイバックチェアに大きくもたれて私を見つめ、手招きして呼び寄せた。

「答えは出た？」

「っ、あの……」

やっぱりその話かと、口ごもる。

「覚えていないとは言わせない。この前、俺は君に想いを告げたんだからな」

恥ずかしげもなく堂々と話す彼の瞳は、今日も私を貫く。

「あの……まだ、です。ずっと考えてはいるんですけど」

「そうか」

「すみません」

「謝るな。振られたみたいだろ？」

不意に微笑まれて、胸の奥が騒ぐ。

彼はおもむろに立ち上がり、動けずにいる私のもとへやってきた。

長身から見下ろされて、自然と私は上目遣いになってしまった。

「もっと考えて、俺に埋め尽くされてしまえばいい。……そんなかわいい君を見たら、たまらずにまた押し倒してしまうだろうけど」

「っ‼」

まさか社内でそんなことを言われるとは思いもせず、秘書に聞かれてはいないかとハラハラする。だけど、彼の瞳に囚われて視線を外せなくなった。

「すぐに終わるから、ソファに座って少し待っててくれないか。食事に行こう」

「はい」

決して強引ではないのに有無を言わせぬ彼の言葉に、思わず頷いてしまった。

それに、答えを出すためにも、もっと副社長のことを知りたいという気持ちも嘘ではなくて……。

「あ、そういえば……」

バッグに入れてきた黒いカードキーを取り出し、デスクにいる彼に差し出した。

「副社長、こちらお返しします。遅くなって申し訳ありません」

「返さなくていい。それは君が持っていなさい」

「でも、これは役職者だけが所持を許されているものですので」

それに、もう秘書のサポートも終わったから、ここへは余程のことがなければ来ることはないはずで。

「君だけは特別だ。俺が許しているんだから問題はない」

彼の意志は堅いようで、仕方なく突き返されたカードキーをバッグに戻し、ソファでおとなしく待つことにした。

彼のデスクには、綺麗に畳まれた設計図の束と、二台のパソコンが置かれている。

データや資料を見比べているその表情は、まさに副社長そのものだ。

それから、思案する時はデスクに肘をつき、大きく綺麗な手指を口元に当てる癖があると気づいた。その仕草があまりにも絵になるので見入ってしまい、あっという間に時間が過ぎた。

「さて、帰るか」

時計は十八時四十五分過ぎ。「待たせて悪かった」と言って、彼はトレンチコートを腕にかけ、ドアの方へと向かっていく。

「一緒に出たら、また色々言われちゃいますよ？」

「俺は構わないが、君は告白されたとでも言っておきなさい」

「えっ⁉」

「本当のことだ。君が後ろめたさを感じる必要はない」

「でも」

ふたりで副社長室を出て、迷うことなくエレベーターに乗った彼に腕を引かれた。

「そんなに困るなら、早く俺の女になれ。いくらでも守ってやる」

「……っ‼」

ふたりきりの箱の中、きつく抱きしめられて息が詰まる。

「まだ倉沢のことが忘れられないか？」

「……いえ、そういうことではなくて」

「俺は、返事がもらえるまで諦めない」

ゆっくりと腕が解かれ、長身から魅惑的な瞳で見つめられると、鼓動が大きく跳ねる。

「でも、なるべく早くしてほしい」

前触れなく軽く額にキスをされて、私は双眸を見開いた。

「副社長、ここでそういうことは」

うろたえる私の唇にキスをひとつ落とした彼は、まるでいたずらをして楽しむような微笑みを向けてきて、私の身体が一気に熱を帯びていく。

「俺を焦らす君が悪いんだろ？　キスだけで勘弁してやってるんだから、ありがたく思え」

「っ⁉」

再び啄《ついば》むように唇が重なり、限りなく身体が熱くなる。私を見下ろす色っぽい瞳と重ねられる唇のせいで、副社長のことしか考えられなくなりそうだ。

彼は、紅色に染まっているだろう私の頬にもキスをしてから、ようやく私を解放した。

正面玄関の車寄せまでは、意識して距離を置いて歩く。

彼は私の気持ちを理解しているからか、一度も振り返らず、先に社屋を出ていった。

「横浜《よこはま》まで行ってください」

数秒遅れで私も黒塗りのハイヤーに乗り込むと、彼が運転手に告げた行先に驚いた。

「君の家に近い方がいいだろう。ちゃんと送るから安心しなさい」

「……はい」

「今夜はなにが食べたい？」

「なんでもいいんですか？」

ちらりと私を見遣って、彼が頷く。

「焼肉がいいです」

「分かった。……運転手さん、とりあえず首都高で元町《もとまち》の方に行ってください」

「かしこまりました」

想いを告げられてから初めてのお誘いは落ち着かなくて、車窓の向こうに視線を逃がし、言葉少なに到着を待つ。

「明日はどこに行きたい？」

「明日？」

「君が返事をくれるまで、毎晩誘うつもりだが」

「ええっ⁉」

会社では見せない温かい微笑みを向けてきた彼は、窓枠に肘をついて見つめてくる。

「言っただろう？　たったひとりを愛するって」

「……………」

改めて言われると、数分前のエレベーターでの出来事を思い出し、頬が焼けるように熱くなる。

「俺に気持ちが傾きそうにもないなら、断ってくれて構わない」

「副社長と私では、釣り合わないと思うんです」

彼の隣には、もっと素敵な女性が似合うと思う。それに、彼を好きかどうかなんて、考えたこともなかった。

初めは、評判通りの冷徹な言動で苦手と思っていた。だけど、接するうちに時折見せてくれる優しさや温かい微笑みが嬉しいと感じるようになって……。彼といると、自分を着飾ることなく、居心地よく過ごせると気づかされた。

けれど、副社長のことをまだよく知らないし、自分の気持ちも分からないから、どうしても返事が曖昧になる。

「そうか？　俺と君はとても似合っていると思っていたけどな。……運転手さん、その角を入った辺りで停めてください」

五十分ほど経って到着したハイヤーから降りた。

話の途中だったから、彼がどうして似合っていると思っているのかは分からないまま。

彼は、近くのビルの半地下へ階段を下りていく。その後ろをついて歩くと、三段ほど先を行く彼が振り返って、手を差し出した。

「つかまって」

「……ありがとうございます」

ヒールの足元を気遣ってくれた彼は、私の歩調に合わせてゆっくりと下りてくれる。

こういうふとした優しさが、私の心に積もってきたのだと思い出す。

私の勝手な我儘で魅力を磨くことに付き合ってくれたし、失恋して泣いてしまったら、好きなだけ泣かせてくれて。ことあるごとに『なにもなかったか？』と案じてもらえて、守られているような気持ちにもなった。

そして、告白の返事を急かしつつも、結局は恋愛に不慣れな私のペースに合わせてくれている。

副社長は、とても優しい。少しも冷たくなんてない、大人の男の人だ。

店内は、焼肉の香ばしい匂いが充満している。レンガ壁が洒落ていて、すべての席が個室になっていた。

「ここにもよく来るんですか？」

「ネットで見たことがあって、ずっと来てみたかった店だよ」

今までは彼の行きつけにばかり連れていってもらっていたから、意外な一面に思わず表情が綻ぶ。

「なんだ？」

「……副社長も、普通なんだなって思って」

「当たり前だろ？　別に俺は偉くもないしな。店からすればただの客」

案内された席に着くと、彼はビールをふたつ頼んでくれた。

「最初はビールでよかったよな？」

「はい」

「覚えておく」

彼がテーブルの隅に煙草を置いた。プライベートの酒席でしか吸わないと言っていたのを思い出していたら、ちょうどビールが運ばれてきて乾杯をした。

「週末はなにをして過ごしてるんだ？」

「試験勉強も終わったので、最近はのんびりしてます。たまに友達とご飯に行くくらいで」

「じゃあ、次からは俺も誘っていいか？」

返答に困って、口ごもって俯いた。

告白の返事を待たせているのに、誘いを受けるのは悪い気がしてしまって……。

私が答えられないでいると、彼はおもむろに口を開いた。

「嫌なら断ってくれていい」

「そんなことはないですよ。ただ……副社長がどうして私なんかにって、考えてしまうんです」

両手でジョッキを持って傾け、緊張のせいで赤くなりそうな顔を隠す。

話している間、まっすぐに私の瞳を射抜く彼の視線からは、こうでもしないと逃れられなくて……。

「そうだな。突然迫ったところで、君は困惑するだろうな」

オーダーした特上和牛タン塩と特選ランクのハラミがちょうど運ばれてきて、彼は率先して焼き始める。いくらデートでも副社長にやってもらうのは悪いと思って手を出すと、火傷するからと言って譲ってくれなかった。

「銀座に行った日、『私は副社長の女なんですか？』って聞いてきただろ？」

おもむろに話し出した彼に、私は頷いて答える。

「あの時は、随分おもしろいことを言う、変わった社員がいると思っただけだった。君も知っている通り、俺は社内で非常に怖がられているから、余計にね」

夏の夜の出来事を振り返る彼は、懐かしむように穏やかな表情をしている。

食べながら聞いてくれたらいいと言われ、牛タンの美味しさに笑みをこぼすと、彼も微笑んでくれた。

「次に会った時も自分の魅力はなにかって、真面目な顔で問いかけてきたりして……。俺にそんなことを言う社員なんか初めてで一瞬面食らったよ。おそらく無意識だったんだろうけど、あの時君はすっと隙をつくようにして、俺の懐に入ってきた。それからは、素直に俺の言うことを聞いて……不器用そうな君なりに、一生懸命努力しているのを見ていたら、健気でかわいい女性だと感じるようになっていた」

そんなに前から、私のことを気にかけていたなんて信じられない思いだ。だって、あの頃の副社長はこんなに優しくなかったし、もっと突き放すような態度だったから。

「単に俺の好みを並べたら、君は言う通りに変身していくし、会うたびにどんどんかわいい女になって……」

「えっ⁉　あれって副社長の好みだったんですか⁉」

「君は本当に素直すぎるというか、男を知らなすぎるというか……。もしかして、君に好意を持たれているのかもしれないと思っていたから、自分の好みを伝えていたまでだ。そう考えるのがスムーズだったしな」

副社長は箸を置いて、早くも二杯目にレモンサワーを頼んでいる。いつになく飲むペースが速いような気がするけど、焼肉だとお酒が進むのだろう。

「結果的に、少しでも君の役に立てたなら本望だが」

「大変助かりました。ありがとうございました」

副社長のおかげで少しは自信が持てるようになった。失恋したけど倉沢さんに想いを伝える勇気も持てた。それは私だけが感じている、揺るがぬ事実だ。

レモンサワーを飲んでからひと息ついた彼は、おもむろに煙草を咥《くわ》えた。その仕草は何度見ても様になっていて、つい見つめてしまう。

「どんな手を使ってでもそばに置いておきたいと思うほど、君を好きになってしまったんだ。……参ったよ。恋愛でこんなに切なくなったり心が乱されるなんて、そうそうあるものでもないしな」

彼の心模様を言葉にされると、淀みなくまっすぐに私の心の奥まで突き刺さる。

『好き』と言われることにも不慣れな私は、紫煙の向こうにある彼の横顔と口元に見入ったまま、ふと重ねられた唇の感触を思い出して、慌てて顔を背けた。

「どうした？　口に合わないものがあったか？」

「違うんです。……ただ、副社長のキスを思い出してしまって」

「っ‼」

煙でむせて苦しそうに咳込みながら、彼が涙目で私を睨んでくる。

「俺をからかうのはやめろ」

「からかってなんかないです！　だって、副社長にキスをされる日が来るなんて思いもしなかったから……」

水を飲んで呼吸を整えた彼は、大きく息をついている。

だけど、私は大真面目だ。

あんなに熱量のある瞳に私を映して、優しいキスをされたら忘れられるはずもない。

それに、さっきは会社のエレベーターでも……。

一度思い出すと、なかなか頬の熱も収まらず、箸を置いて両頬を包み隠した。

「秘書のサポートで、君が副社長室に来るようになってから、俺はいつ奪ってやろうかと思っていたけどな」

「副社長こそ、からかうのはやめてください」

「俺は本気だよ。君の好きな人が誰なのかと聞いたのは、俺を好いてると思ってたから、自信満々で言い当てたつもりだったんだ」

イニシャルはＫ——私はてっきり倉沢さんのことだと思っていたのに……。

〝御門慧〟

副社長は自分を名指ししていたのだと、私は今さら気づかされた。

「倉沢に片想いしていたとは、さすがに思ってなかったからな」

私が倉沢さんの名前を答えたあの時、彼が俯いて表情を見せなかったのは、そういうことだったなんて……。

テーブルを挟んだ向かい側から魅惑的な瞳で見つめられると、隠せないほど鼓動が急いて、思わず顔を俯かせた。

店前に待たせていたハイヤーに乗り込むと、彼は「川崎経由で広尾まで」と告げた。

本当にちゃんと送ってくれるんだ……。

わざわざ横浜の店を選んでくれた彼の気遣いを改めて感じる。

二十五分ほどで川崎に着き、駅前でハイヤーを停めてもらった。再開発で賑わいのある街は、夜になっても人通りが多いから安心だ。

「家まで送るよ。夜にひとりで歩かせるわけにいかない」

「大丈夫です。人通りも街灯もあるので」

「俺に心配させないでくれ」

真剣に反対されてしまい、私は申し訳ないと思いながらも運転手に自宅までの道を伝え、車で五分ほどの距離にある自宅の前で降ろしてもらった。

「ありがとうございました」

「ゆっくり休んで。おやすみ」

「おやすみなさい」

小さく手を振ってくれた彼の微笑みに、ドキッとしながらも会釈を返した。

副社長は、私が倉沢さんに片想いをしていると知っても、想い続けていてくれたんだな……。

冷徹で笑顔を見せない仕事人間のイメージばかり持たれているけれど、本当の彼は優しくて温かい心の持ち主だ。

そんな彼の愛情を、私なんかが受け取っていいのか悩んでしまう。

副社長に好意は持っている。ただ、それは尊敬と憧れであって、恋とは少し違うように思う。

それとも、いつかこの気持ちが恋心に変わる時が来るのかな……。

ハイヤーの真っ赤なテールランプを見届ける間、揺れている自分の気持ちに向き合う。角を曲がって高速道路の方へ向かったのを確認してから、マンションに入った。


翌日、出社するなり、冷ややかな声と好奇の視線を浴びた。

またしても、副社長が堂々と私を連れ出していたと騒ぎになっているようだ。

こうなることは予想できていたから、前と比べて戸惑いは少ない。でも、慣れるものではなくて、私は俯き加減でエレベーターに乗り、そそくさと経理室へ入った。

「おはようございます……」

「おはよう」

香川さんだけはいつもと変わらずにいてくれる。彼女にとって噂はあまり気にならないのか、それとも倉沢さん派だからなのかは分からないけど、必要以上に騒ぎ立てずに接してくれるのが、私にとっては救いだ。

「深里さん、辞令出てるから見て」

「辞令⁉︎」

パソコンを起動させて、社内向けの人事情報を確認する。

【出向　構造設計グループ　倉沢透流　マレーシア支社管轄プロジェクト】

倉沢さんの名前とプロジェクト名が載っていて、本当にその日が近づいてきたのだと実感させられた。

「もうショックすぎて……まだ告白もしてないのに、離ればなれになっちゃうのかと思うと」

「そっか……。つらいですね」

香川さんはちょっとミーハーなところがあって、倉沢さんを好きだと言っているのがどの程度のものなのか、私には分からなかったけど……きっと本気なのだろうと思った。

私は彼に想いを告げたから、振られはしたけど後悔はない。だから、香川さんにも後悔だけはして欲しくないと思う。せっかく好きになった想いを、伝えずに終わるなんてあまりにも切ない。

そう考えるようになったのも、倉沢さんを想い続けていた日々が大切な思い出になっているからだ。

「告白、しなくていいんですか?」

「……こんな時に恋愛なんて考えられないんじゃないかなと思うの。ただでさえ忙しい人なのに」

「でも、私は香川さんに後悔してほしくないって思うんです」

彼女は微笑むけれど、まだ少し悩んでいるようだ。

「ところで、また副社長と出かけたの?」

「ちょっと用があったので……」

ちょっとどころではなく、誰にも聞かせられない内容の濃い話をしたけれど。

「深里さんって、本当に副社長が好きなんだね」

「えっ、そういうわけじゃなくて」

「またまたぁ!　隠さなくてもいいって」

誤解されてしまっているけど、今となっては副社長との間になにもないわけでもなく……。

「深里さんを見てたら、なんだか勇気が湧いてきたかも」

「え？」

「倉沢さんに告白してみようと思う。振られても会わなくて済むようになるんだし、深里さんの言う通り、後悔はしたくないから」

彼女の覚悟に、私は微笑みを向けて背中を押した。


社内を歩くだけで、昨日のことを知った女子社員が私を見る。ランチから戻る間も噂の声は絶えなかった。

人気のある副社長のことだから、なおさら興味を引いてしまっているのだろう。

「お疲れ様」

「……お、お疲れ様です」

エントランスでエレベーターを待っていると、外出先から戻ってきた副社長がビジネスバッグを提げて、私の隣に並んだ。

渦中のふたりが居合わせれば、必然的に周りの関心を引く。

どうして私みたいな地味女子が副社長に気に入られているのか分からない、納得もできないと話している声が、嫌でも耳に入る。

「騒ぎになってすまないが、君は普通にしていなさい」

副社長は私と目を合わせず、小声で話しかけてきた。

彼の様子が気になって見上げると、背後で噂をしている女子社員たちを鋭い目つきで見渡していて。

「君たちは、仕事をするよりも他人の私情に首を突っ込むのが相当好きなようだな。しかし、決していい趣味とは言えないし、私は不愉快だ」

副社長がそう告げると、女子社員たちは一瞬にして表情を凍らせた。

「事実が知りたいようだから話しておくが、私が一方的に彼女に好意を寄せているだけのことだ。意見があるようなら陰で噂などせず、私に直接申し出なさい。それができないなら、二度と口出しするな」

彼のひと言ですっかり噂の波は引いたけれど、御門建設の御曹司が私なんかを相手にしていると認めたことはかなりの衝撃だったようで、彼女たちは驚きの表情を隠さない。

「早く乗りなさい」

「っ‼」

ランチ用のバッグを持っている腕を引かれ、私はエレベーターに乗せられてしまった。ボタンを押して扉を閉めた副社長は、他の誰も乗り込ませず、私の腕を掴んだまま深く息をついた。

「あのっ」

走ってもいないのに、ドキドキと鳴る鼓動が身体中を駆け回る。

「君が早く返事をくれないから、言わなくてもいいことを言うしかなかった」

「……すみません。でも、今できるお返事は」

「分かってる。……待つと言ったのは俺なのに、すまない」

彼は副社長という立場がありながら、私を守ってくれた。これ以上、私が噂の矢面に立たされないよう、盾になってくれた彼の背中が焼きついている。

それに、ついさっきまでの冷徹な表情とは一変し、見たことのない困り果てた彼の様子を目の当たりにしたら、胸の奥がきゅんと疼いた。

間もなく十七階に到着して、私は一礼してエレベーターを降り、経理室へ戻った。

いつまでも返事を待たせるわけにいかないのは分かってる。

二度にわたって想いを告げられて、彼の気持ちは痛いほど伝わっている。でも、私の心の矢印がどこに向かおうとしているのか、まだはっきりしていないから答えを出せずにいる。

だけど、たった数日のうちに、副社長の存在が大きくなりつつあるのは確かだった。

定時を三十分ほど過ぎてから、今日の業務を終えて帰宅した。

もっと騒がれたり、場合によっては熱烈な副社長のファンに問いつめられたりするかもしれないと思っていたけど、昼間に彼が一蹴してくれた効果はてきめんだったようで、あれからなにごともなく帰宅できた。

【今日は客先と予定が入ったから誘えなくて残念だけど、また日を改めて】

帰りの電車に揺られている時に送られてきたメールを読み返す。

本当に毎日でも誘うつもりでいるようで、その熱量に圧倒されつつ、私も文字を選んだ。

【お疲れ様です。今日は自宅でゆっくりします。副社長はお忙しいと思いますので、あまり無理をして私のために時間を割かないでくださいね】

彼の気持ちは嬉しい。男性に本気で好きと言われるのが、こんなにもドキドキして意識させられるものなんだと初めて知ったし、私のことを想ってくれる人がいるという事実が、心の拠りどころのようにも感じられる。

【無理なんてしてないよ。一秒でも長く君と過ごしたいし、できるなら一緒に眠りた

い。朝まで抱きしめていたい】

返された文字の並びに、一瞬で頬が火照っていく。

冷徹なんて表の顔。副社長は私の予想を大幅に裏切って、優しく甘く、熱い気持ちで私の心を揺らす。

【できるだけ早く、お返事できるようにします】

読んでそのままにはできず、私なりの誠意を返して携帯を胸に当てた。

十一月になり、高層ビルの合間ですっかり秋支度を始めた紅葉が、街を色づけている。

【おはよう。今夜、会える？】

金曜の朝、出社途中で副社長からメールが届いた。

昨日も一昨日も、〝おはよう〟と〝おやすみ〟のメッセージは欠かすことなく送られてきていたけど、ずっと都合が合わずにいたから、今朝のお誘いの連絡は思わず頬が綻ぶ。

【おはようございます。今夜、大丈夫です】

返せる言葉を探したけど、ドキドキしてそれ以上が浮かばなかった。

だけど今は、副社長に会えるのが待ち遠しいし、心が弾むよう。今夜はどんな話をして過ごせるのか考えるだけで、自然と笑顔になった。

十四時前に、香川さんと社外の洋食屋へやってきた。ランチを外食で済ませることの多い彼女は、来店スタンプが貯まったから割引してもらえると少し嬉しそうだ。

「深里さんには、先に言っておきたくて」

「なにをですか?」

「……倉沢さんに告白しちゃった」

やんわりとした彼女らしい口調に、背中を押せてよかったと、私の心も波立つことなく穏やかだ。

「そっかぁ。言えてよかったですね」

「うん。……昨日、帰ろうとしたら、ちょうど外出先から戻ってきた倉沢さんにばったり会って、そこで少しだけ時間をもらったの。そしたらね、彼も私を好きでいてくれたんだって」

驚いている私を前に、彼女は嬉しそうに言葉を続ける。

「マレーシアに行かなくちゃいけないから、諦めようとしてる最中だったみたいで」

彼が諦めた〝好きな人〟は、私が日々顔を合わせ、仲よくしてもらっている香川さんだったのだ。ことあるごとに経理室に来ていたのは、そういうことだったのかと納得がいった。

「……よかったですね。私も嬉しいです」

「うん！　本当に嬉しくて嬉しくて、背中を押してくれた深里さんに大感謝！」

「私はなにもしてないですよ」

「それでね、彼がマレーシアについてきてほしいって言ってくれて。だから、来期までに会社を辞めるって決めました」

「そうなんですか⁉　でも、本当におめでとうございます。寂しくなるけど、あと少しの間も仲よくしてください」

彼女の想いが届いたことを心から喜べる自分がいる。

今になったら分かる。倉沢さんへの想いは、恋と呼べるほど強いものではなかったのかもしれない。日頃遠くから見つめたり、言葉を交わせるだけで満足できていたのは、恋に似た憧れだったからなのだろう。

本当の恋がどんなものなのか、まだ私には分からないところも多いけれど、私のためを思って厳しい言葉をかけてくれたり、一緒にいて飾らない姿を見せられるような人と育てていく気持ちが、もしかしたら本当の恋なのかもしれない。

そして、そういう相手に心当たりがあると、ようやく気づくことができた。

夕方、定時ぴったりに香川さんと経理室を出て、社屋のエントランスで別れた。

これから彼女は倉沢さんと会うらしい。私も予定を聞かれたけれど、副社長と約束しているなんて言えるはずもなく、『特に決まっていません』としか返せなかった。

【連絡遅くなってごめん。まだ社にいる?】

【お疲れ様です。ちょうど正面玄関に来たところです】

【車寄せで待ってて】

副社長に言われた通りに、社の正面玄関そばの車寄せに立つ。

彼が現れたらまた噂されるだろうけど、この前彼が盾になってくれたおかげで、しゃんと背筋を伸ばしていられる。

それからすぐに高級車が車寄せに入ってきて、運転席からスーツ姿の副社長が降りてきた。

「待たせて悪い。大丈夫だったか?」

「はい」

助手席へとエスコートされて乗り込むと、彼は隣でシートベルトを締めながら、私の顔を覗き込んでくる。

「今日はなにか吹っ切れたような顔をしているな」

「そうですか？」

「なんだかいつもよりも表情が明るい気がするよ」

「ちょっといいことがあったんです」

私がそう言うと、彼まで嬉しそうに微笑んで、なにがあったのかと尋ねられたので、倉沢さんと香川さんのことを報告した。

「本当にもう大丈夫なんだな？」

赤信号で停車した彼が、心配するような表情を向けてくる。

「はい」

にこっと口角を上げて微笑んだら、似たような温度の微笑みを返されて、またひとつ鼓動が鳴る。

彼はそっと私の髪を撫でてから、再びハンドルを握った。

帰宅ラッシュで混み合ってきた一般道を走ること二十五分ほど。運転している間、今日の出来事を話してくれた彼は、車をマンションの地下駐車場に入れた。

「あれ？　食事に行くんじゃないんですか？」

「今日は俺の部屋でゆっくりしよう。誰にも邪魔されず、時間も気にしないで飲みたい気分なんだ。……いい？」

彼の自宅に行くのは勇気がいる。まだ返事もしていないし、ベッドで告白されたあの時間をどうしても思い出してしまうから。

でも、彼と一緒にいられるなら、どこで過ごしても楽しいだろうと思い、迷いながらも頷いた。


五十五階の自宅に着くと、彼はリビングに私を通してから、バッグを置いてくると言って出ていった。

以前と変わらず生活感はなく、今夜も静まり返っている。私は窓辺に立って、副社長が日々眺めている景色を見つめた。

やっぱりパノラマの眺望は圧巻だ。オレンジ色に輝く東京タワーも見えるし、都心の高層ビル群の間からスカイツリーも見える。

「コート、預かるよ」

「っ……」

スーツのジャケットを脱いでベスト姿になった彼に胸の奥を騒がせながら、厚みのある木製ハンガーを借りてコートをかける。

「適当に座ってて」

副社長は背を向け、リビングの一角にあるコート掛けにハンガーを引っかけた。

待ち合わせた時から小さく鳴り続けている鼓動を抑えようとしていたら、彼がスラックスのポケットに片手を入れ、立ち尽くしている私のもとにやってきた。

「ぼーっとして、どうした？」

「な、なんでもないです……。それより、どうしてこんなに広い部屋に住んでいるんですか？」

「このマンションのオーナーだからな。そもそも、土地も御門家の所有だったし」

「えっ、マンションの⁉」

しかも、この部屋だけではなく、建物や土地まで……。

絶句している私を、彼は黒目に星が瞬いているような瞳で見下ろす。すでにベスト姿を見てときめいていた胸の奥が、さらに大きく締めつけられて苦しくなった。

「……一緒に住むか？」

「ええっ⁉　い、一緒に、ですか？」

「そうだ。こうしていても、いずれ君は自宅に帰る。それがひどく嫌だと思ってね。君がここで暮らすようになれば、必然的に毎日会えるようになる。それに、抱きしめたりキスをしたいと思った時に、俺が我慢しなくて済む」

私の動揺など気にもせず、彼は顔を近づけてくる。ひとつ呼吸をする間に、鼻先を掠めそうな距離まで迫った彼は、私を見つめて微笑んだ。そして、柔らかな唇が重ねられ、私はそっとまぶたを下ろした。

ゆっくりと、ほんのり温かい唇が触れるたびに、心の奥で彼の存在が大きくなるようだ。

「……好きだ」

不意に彼の唇は想いを紡いでから、もう一度だけ重ねて離れた。

甘い雰囲気の中ではとても彼を見られず、伏せた視線がフローリングの上を漂う。

「ごめん……嫌だったか?」

申し訳なさそうな声色に、私は焦って顔を上げてかぶりを振る。

「嫌ではないんです、けど……」

理解を示すように小さく頷いた彼は、穏やかに微笑んで私の髪を撫でる。それが、もうキスはしないと言われているようで、どういうわけか寂しくなってしまって。

「本当に、嫌ではないんです。ただ……」

それに続く言葉が見つからなくて口ごもる。

見つめ合っていたら、離れたはずの唇が再び重ねられた。

「んっ……」

「そんな甘い声を聞かせるな。君の返事を待ちきれず、すべて俺のものにしたくなる」

彼が私の唇を食む音が、静かなリビングに響いた。


キスをされ、ギュッと抱きしめられること数分。私を解放した彼は、食事にしようと言ってキッチンに立った。

副社長もひとり暮らしが長いのか、慣れた手つきで玉ねぎをみじん切りにして、合いびき肉などをボールに入れ、大きな手で混ぜ合わせている。

「あとは焼くだけでできるけど、そっちは？」

私は、隣で味噌と豆乳のスープを作っているところ。バターで炒めた玉ねぎがほんのり甘く、ベーコンの旨味とホッとする味わいが大好きで、彼の口に合うように何度か味見をしていた。

「もうできますよ」

「じゃあ焼き始めるか。それにしても、そのスープは美味しそうだな」

「副社長のハンバーグも、美味しそうですよ」

互いに顔を見合わせ、どちらからともなく微笑む。

「あー……」

突然、天を仰いだ彼の横顔には、顎と首筋のラインがくっきりと浮かんで、その端正さに目が奪われた。

「……どうしたんですか？」

「キスしたい」

「えっ⁉　んっ……」

私の唇を、彼は勝手に奪ってから嬉しそうに笑った。

副社長がこんなに甘ったるいことをする人だなんて……。

ことあるごとに戸惑わされてばかりだけど、少しも嫌じゃない。

彼が笑ってくれたり、魅惑的な瞳で熱っぽく見つめられるたびに、胸の奥が心地よくざわめいていた。

ダイニングテーブルに出来上がった食事を並べている間、彼はワインセラーから赤ワインを選び、グラスに注いでくれた。

「飲みやすいから、試してみて」

「はい」

向かい合って座り、「いただきます」と両手を合わせると、彼は先にスープに口をつけてくれた。

「美味しいよ。君の料理を毎日食べたくなるような味だ」

「本当ですか？」

「あぁ。他の料理も食べてみたい」

会社で見る冷たく鋭い視線はどこへやら、温もりに満ちたその瞳に私までほっこりしてしまいそうだ。

私も、彼が作ったハンバーグをひと口頬張る。

「美味しい！　お店で食べるみたい！」

「そうだろ？　直々に一流シェフからレシピを教わったからな」

「どこのレストランですか？」

「俺の母親だよ」

副社長がきっと幼い頃から食べてきたのだろう。盛り付けは彼のセンスが光っているけれど、どこか懐かしさを感じる味なのはそういうことかと思った。

「副社長も自炊することがあるんですね」

「兄に負けないことをひとつでも増やそうと思って、幼い頃から母親に料理を教わっていたんだ」

「お兄さんって……社長ですよね？」

「そうだよ。国内で学生時代を過ごした兄と同じ道ではなく、海外留学をして向こうの大学を出た。彼にない経験を積みたくてね。それから仕事も必死で成果を出して、最年少で役職に就いた。……こんなことをしたって、時々空しくもなるけどな」

皮肉っぽく言う彼が不思議で、私は食事の手を止めて見つめる。

表情こそ穏やかだけど、その口調は伴っていなくて……。

「副社長は、社長が嫌いなんですか？」

「嫌いじゃないよ。俺が嫌いなのは会長の方。物心ついた時から、いつも優秀な兄と比べられてきたせいだ」

御門建設の社長を務めている彼の兄は人当たりも朗らかで、社内でも人望が厚い。社内のムードが明るいのはきっと彼のおかげでもあるだろう。そして、会長である彼の父親は威厳があり、この業界の重鎮だ。

代々続く名家に生まれて厳しく育てられた副社長の思いは、私なんかが察することも難しい。

「もっと優秀な成績を残せ。もっと秀でた人間になれ、と言われ続けてきた。いくら頑張ってもあの人は兄の方が優秀だと言って、少しも褒めてくれなかった。気づけば、こんなにひねくれた男になって……」

「そんなことないですよ。副社長はとてもまっすぐで魅力的な人だと思います」

私の言葉に、小さく息をついた彼と見つめ合う。

やっぱり、私なんかが理解を示すなんて難しいんだろうな。

「なにを言うかと思ったら……」

「すみません。私に言われたくないですよね。でも、本当に副社長は優しいし、言動に裏表がなくて……そういうところが素敵だと思うんです」

「君は、俺を煽るのが得意だな」

「っ……‼」

食事の手を止めて見つめ合うと、目尻に皺を刻んだ微笑みを見せられ、胸の奥を射抜かれてしまった。

彼は、優しくて頼りがいのある温かい人だ。私が泣いても笑っても、ちょっとくらい拗ねたって、包み込むように甘えさせてくれる。

「でも、嬉しいよ。君が俺に興味を持ってくれているだけで、随分救われる」

今夜は、彼の新しい一面を知った。

家族の話をする時はほんの少し寂しそうになり、ふと弱ったように微笑まれると助けてあげたいと思わせられる。

本当は会長のことも心から嫌っているわけではないんだろうな。ただ、長年積もった思いがあって……。それを取り除くのも彼以外にいないのだと思う。


食事を終えて、そろそろ電車の時間も気になったので、帰宅の準備をする。

「送れなくてごめん」

「気にしないでください。ちゃんと帰れるので大丈夫です」

玄関で、彼の靴の近くに揃えておいたショートブーツに足を入れる。

彼は今日もタクシー代を渡そうとしていたけれど、さすがに申し訳なくて断った。

電車を使っても自宅までは五十分もすれば着くと話してあるから、帰宅したら連絡を入れようと思う。

「本当に大丈夫か?」

彼は、私を案ずる優しい声色で問いかけてくる。

ブーツを履いて彼と向き合うと、スーツベストは着てはいるものの、Yシャツの胸元のボタンはふたつ外れているし、料理をした時に袖を適当にまくったまま。その着崩しがやたら色っぽさに拍車をかけていて、シャツから覗く胸元に視線が釘づけになってしまった。

「茉夏」

「は、はいっ」

初めて副社長に名前で呼ばれ、彼と視線を交える。

名前を呼ばれただけで、一気に鼓動が跳ねて、こんなに頬が熱くなるなんて……。

「……帰るな」

「っ‼」

勢いよく抱き寄せられ、早鐘のように胸が鳴り出した。

「帰したくない」

彼の匂いとワインで熱された温もりで、心まで抱きしめられているようだ。甘やかすように髪を撫でられ、その優しい重さにまぶたを下ろす。

「今夜は俺といてくれるか？」

「……はい」

まだ告白の返事はできていないけれど、もうこんなにも惹かれている。

彼の胸元にそっと頬を寄せながら、素直に頷いた。


再びソファへ私を誘《いざな》うと、彼はキッチンの冷蔵庫からアルコール度数の低いチューハイを出し、グラスに注いでから渡してくれた。

「ワインも置いておくから、飲めなさそうならそっちにして」

「はい」

そして彼は、一緒に持ってきたロックグラスにブランデーを少し注いで、ひと口含む。

テレビもつけず、オーディオセットから音楽も流れていない。

「副社長」

「なに？」

「いつも忙しいのに、私と過ごす時間を作ってくれて、ありがとうございます」

隣でブランデーを飲む彼がなにも話してくれないから、沈黙に耐えきれなくなって切り出した。

「こちらこそ、一緒にいてくれてありがとうな。茉夏のおかげで、仕事にもさらに精が出るよ」

彼が私の名前を口にすると、小さく胸が疼く。

お酒で濡れた唇が弧を描き、柔和な微笑みを見せた彼は、意識的に大きく呼吸をひとつ挟んだ。

「まだ表向きには話が出ていないけど、そう遠くないうちに兄が会長になる。俺も社長の席に就くことが決まってってね」

「おめでとうございます！　ますます忙しくなりますね」

「そうだな。会合やら接待は増えそうだし、責任もより重くなるしな……」

「また私ができることであれば、手伝わせてください」

「ありがとう」

彼は、綺麗な球氷を溶かすようにグラスを揺らして、ブランデーを少しずつ飲み進めている。

だけど、ふと先ほどの彼の生い立ちの話を思い出して、どんな話をしたらいいのかと考えてしまった。

「茉夏は、どんなご家庭で育ったの？」

今度は、彼が沈黙を破った。

「普通の家庭です」

「普通って、どんなふうに？　もっと茉夏のことが知りたいから話して」

彼がテーブルに置いたグラスの中で、溶けて少し小さくなった氷がからんと鳴った。

「私はひとりっ子なんです。だからなのか、父も母もちょっと過保護で、思春期になってもひとりで出かけるっていうと大騒ぎされて」

「ひとり娘はかわいくて仕方ないだろうなぁ」

彼は注ぎ足したブランデーを口に含んだ。私には飲めそうにないそれは、彼にとても似合っている。大人だけが嗜《たしな》むことを許されているようで、私は手にしていたチューハイのグラスから、置いてあったワイングラスに持ち替えた。

もし、私もブランデーを飲めるようになったら、彼と同じくらいの色気を纏えるのかな。いつだったたか、私には色気が足りないって言われたけれど、今の私は少しくらい大人の女性になれているんだろうか。

「無理して飲まなくていいよ。酒、そんなに強くないんだから」

「私だって、飲みたい気分の日はありますよ」

「……そうだな。ごめん、俺も茉夏にはつい過保護になる」

目尻を思い切り下げる彼の微笑みは、本当にとびきり甘い。

「あとは？」

「えっと……私は本が好きなんですけど……きっと兄弟がいなかったからかもしれないなって思います」

「視力が悪いのは、そのせいか？」

「母に寝るように言われてからも、暗い部屋の中でこっそり読んでたんです。どうしても栞《しおり》の先の展開が気になって眠れそうになかったから」

「分かるよ。俺も読書は趣味だから。兄はゲームばかりしてるのに優秀で、悔しかったから本の虫になって夢中で読みふけった」

懐かしんでいる彼の横顔も好きだ。

「今度公開する映画の原作者が、俺はすごく好きでね。全作揃えてあるくらい」

「私もです！　その映画を観に行きたいと思ってたんです」

「じゃあ、今度一緒に行こうか」

「……はい」

副社長からのお誘いは、いつも突然だったから、初めて彼が約束をしてくれたのが新鮮で、つい笑みがこぼれた。

「そうだ。ずっと聞きたかったことがあるんだ」

「はい」

ふと思い出したように、彼が私に向き直った。

「茉夏はどうしてうちの会社に就職を決めたんだ？」

まさかこんな時にそれを聞かれるなんて……。

事実を言うしかないと腹を括りつつ、経営の一端を握っている彼が聞いたら、どんな反応をするかと心配だ。

「深い理由はまったくないんです。安定を求めて大手にエントリーしたら、運よく内定をいただいただけで……」

「あははは！　そうなのか？」

「すみません。皆さん本気で建設業に取り組みたくて、働いている人ばかりなのは分かっているんですけど」

謝る私に、どういうわけか彼は笑顔を見せていて。

「いいよ、どんな理由でも。俺は茉夏に出会えてよかったと思ってるから」

こんな失礼な話をしても彼は少しも怒らず、私を甘やかした。

夜が深くなり、壁にかかっているアナログ時計の針が二十二時過ぎを指しても、話は尽きる気配がない。

幼い頃の夢の話から、彼が近々購入を考えている新車の話、最近読んだ本の話や好きな音楽とアーティストのこと……。私の取るに足らない話も穏やかな表情で聞いてくれるから、つい楽しくて話が弾んでしまった。

それに、私が最近興味を持っているオリジナルアロマが作れるお店の話をしたら、今度連れていくと言ってくれた。

私を帰したくないと引き留めた彼は、今どんな気持ちでいるんだろう。そう思うと、意識せずにはいられなくて、そっと深呼吸をしたら、爽やかなマリン系の香りを感じた。

「そういえば、副社長っていつもいい匂いがしますよね」

「匂い？　あぁ、これか」

朝、出がけにほんの少し香水を振っただけと言いながら、彼がYシャツの襟元を掴んで広げ、確かめるように鼻を寄せている。

「……この匂いだろ？」

彼が身体を近づけてきて、色気のある胸元を見せられたら、思わず身を引いてしまった。

「っ、そ、そうです……この匂いです」

顔を赤くして動揺している私を、彼が覗き込んでくる。

「茉夏、こっち見て」

ふと視線を上げたら、切なげに見つめてくる魅惑的な瞳に囚われてしまった。

さっきまでの楽しい雰囲気を、彼は瞳に私を映しただけで色っぽいものに変えてしまう。

「どうしたら、俺に堕ちてくれる?」

大きな手のひらが熱くなった私の頬を包み、傾けられた顔にキスの予感を感じて……私もまぶたを下ろした。温かな唇からは彼の気持ちが伝わってきて、締めつけられる心が溶かされていくようだ。

副社長と過ごす時間は、私にとってかけがえのないひと時だ。だけど、彼に対して本当の恋を自覚してからというもの、一度想いを通わせてしまったら、もう後戻りはできないと思い悩むようになった。

彼は次期社長になるような、住む世界の違う人。私が一緒にいていいのか分からなくて……。

「茉夏」

キスの合間に呼びかけられて、ゆっくりと目を開ける。

「好きだ。……どうしようもなく茉夏が欲しい」

鼻先を掠める距離で、あまりにも切なく甘い声色で彼が囁く。

見つめ合うほんの少しの間に、心の中で思いを決めた。

――今だけでもいいから、彼の気持ちを受け入れたい。いつか終わりのある恋だとしても……。

私は彼の願いを聞き入れるように、そっとまぶたを閉じた。

やがて、隙間から入ってきた彼の舌が、私のものを絡めては逃がし、滑らかに動く。

ブランデーの芳醇な香りは、記憶に一緒に刷り込まれていくみたいだ。

「んっ……」

だけど、こんなキスをしたのは初めてで呼吸もままならず、吐息と一緒に声が漏れてしまい、思わず彼のYシャツの袖を握ってしまった。

「かわいいな、お前は本当に……」

座面の大きなソファが、押し倒された私の背を受け止める。

真上にいる彼のキスが一層甘くなった。深く絡められているうちに、吐息も透明の雫も混じり合っていく。

「……こういうキスは、初めてだったか？」

素直に小さく頷いたら、途端に恥ずかしくなって、さらに頬が紅を帯びる。

彼は甘く微笑むと、優しい獣のように私の唇と心を食べ尽くした。

愛さずにいられない

【おはよう。今日は遅くなりそうだ。茉夏といたいけど、また明日にでも】

今朝送られてきた副社長からのメールを、始業前の自席でこっそり読み返しては頬を緩める。

――金曜の夜、副社長への想いを自覚してからというもの、彼のことばかり考えてしまうようになった。

彼のキスは苦しくも官能的で……息遣いや唇の感触、温もりや動きまで鮮明に身体に刻まれている。なによりもキスの合間に見せられた、あの魅惑的な瞳は忘れられるはずもない。

ベッドに入っても、彼は私をずっと甘やかしてくれた。『欲しい』なんて言われてしまったせいで勝手に覚悟していたけれど、彼はキスをしたり抱きしめたりするだけで……。

彼の気持ちは本物で、大切にしてくれていると実感できた。

ランチタイムは香川さんと都合が合わず、今日はひとり。社員食堂の隅の席を選び、ビーフストロガノフを口に運んだ。

【返事は？】

突然送られてきた彼からのメールに、首を傾げて文字を選ぶ。

【お疲れ様です。今夜は残念ですけど、今度を楽しみにしてますね】

【返事が遅い。今すぐ副社長室に来なさい】

その文面は珍しく苛立っている様子で、三分の一の量を残して食堂を出て、パウダールームで身なりを整えた。

エレベーターで三十四階へ向かう間、ソワソワしてしまう。

彼は、返事が遅いだけで機嫌を損ねるような人ではないから、なにか気に障るようなことでもあったかと考えるけれど、思い当たる節がない。

副社長室の明かりが点いているのを確認して、ノックをする。

「失礼します」

返事がないから通話中なのだろうと察してドアを開けたら、黙って私の入室を見つめている彼がいた。

「副社長、あの……」

「こっちに来なさい」

命令する口調は、〝冷徹副社長様〟そのもの。数カ月前に戻ってしまったようで、私の心は落ち着かない。

デスクを挟んで彼の目の前に立つと、突き刺さるような視線で磔《はりつけ》にされた気分になり、動けなくなった。

「今朝のメール、見たよな？」

「はい」

「だったら、なんですぐに返事をしない？」

「予定が合わないんだな、と理解したので……」

私が理由を言うと、彼はすかさず重いため息をついた。

「……嫌われたのかと思っただろ？」

「え⁉」

「この前、君にあんなキスばかりしたから……俺を嫌ったのかと思った」

両肘をデスクについて、軽く組んだ両手で額を支える彼は、ゆっくり息を吸って顔を上げた。

「……嫌われてはいないんだよな？」

「もちろんです！」

それどころか、メール一通でも嬉しくなるし、こうして顔を合わせると鼓動が駆け出してしまうほどなのに……。

「よかった……」

ドサッと音がしそうなほど大きくハイバックチェアにもたれた彼は、もう一度大きく息をついた。

「茉夏」

「……会社でその呼び方は」

「いいだろ。俺が決めたんだから文句は言わせない」

意地悪だけど、どこか楽しそうな彼の微笑みも好き。

おもむろに立ち上がった彼は、ネクタイを緩めながら私に近づいてくる。彼の色気に圧倒されて、後ずさる私の踵が応接セットのソファにぶつかった。

「逃げるな」

伸びてきた彼の腕が私の腰元に回され、ソファに押し倒された。

金曜と似たような体勢に、一気に緊張が走る。

彼の自宅ならまだしも、ここは会社だ。しかも副社長室でこんなこと……。

「あの、私、仕事に戻らないと。ランチタイムが終わる頃なので……」

「俺の気持ちを弄《もてあそ》ぶお前が悪いんだろ？」

容赦《ようしゃ》なく彼の柔らかい唇が触れてきて、室内にキスの音が漏れる。今までになく鼓動が大きく鳴り、息苦しくて唇を開いてしまった。

「んんっ‼」

挿し込まれた彼の舌は、優しく私をかき乱す。

まだ好きにならないのか？　どうしたら好きになる？　……って、言葉にしなくても彼の唇が訴えてくるようで、思わず彼のジャケットを握ってしまった。

──私も副社長が好きです。

優しくて、こんな私を甘やかしてくれて。信じられないくらい愛されていると、付き合ってもいないのに実感している。

悲しいことも嬉しいことも、なんでも話していいと言ってくれたのが嬉しかった。

失恋で傷心している私を、まるごと受け止めてくれたのが心強かった。

だから、今すぐにでも返事をしたいのに、壊れそうなほどに鳴る鼓動が、言葉を詰まらせる。私なんかが彼のような人の隣にいていいのかと躊躇《ちゅうちょ》してしまうから、想いを伝える勇気が持てなくて……。

絡まり続ける舌と、どうしようもなく漏れてしまう吐息や声が、秘密を紡いでいく。誰かに見聞きされていたらと思う背徳感でさらに彼のキスを求めてしまい、やがて電流が走ったような感覚に身体が震えた。

「キスだけで、感じたか？」

「っ‼」

ふと唇を離した彼が、真下で呼吸を乱す私を俯瞰《ふかん》して、意地悪に問いかける。舌先を覗かせて微笑む彼があまりにも艶っぽくて、背筋が冷たくなるほどぞくっとした。

解放されて経理室に戻ったものの、のぼせたようにぼんやりしてしまう。あんなに情熱的なキスをされたら、仕事が手につかなくなる。次からはメールが来たら絶対にすぐ返信しようと心に決めた。

「深里さん、ランチタイムはとっくに終わってるはずですが」

「……す、すみません」

「時間は守ってもらわないと」

「はい。以後気を付けます」

お局の先輩に睨まれて、肩を竦める。

五分ほどオーバーしていたのは見過ごしてもらえなかったようだ。時間通りに戻ってこなかった私が悪いとしか言えないけれど……。

時計を見て逆算すると、いつ終わるとも分からないキスは、十分ほど続いていたかと思う。唇は腫れてしまったように熱いし、甘く痺れるような初めての感覚が身体に残ったままだ。

「深里さん、内線鳴ってるわよ。早く出なさい」

「っ、はい！　すみませんっ！」

ああ、もう！　副社長のせいなんだから‼

心の中で、副社長に向かって膨れっ面をしたけれど、なにをされても彼のことが大好きだと思った。


副社長は、欠かさずに朝と夜にメールを送ってきてくれる。だけど、今週は多忙を極めているようで、同じ社屋にいるのに彼の姿を見かけることもない。

月曜の昼下がりに、副社長室であんな秘密の時間を過ごしてしまったせいか、会えない日々が続くのが寂しくて、四六時中彼のことを考えてばかりだ。

次期社長に昇進するのが決まっている彼が多忙なのは分かっているつもり。それでも、顔を合わせていたエレベーターや、不意に顔を出しては社員をざわつかせた食堂にいないかと、思い当たる場所を廻るようになってしまった。

たった四日会えないだけで、切なくて胸が苦しい。

メールだけでもいいいと思うのに、それ以上に満たされたいと求めてしまう。

金曜の夜は、多少の夜更かしができる。睡魔に襲われるまで、ベッドの上に座って読書をするのが定番で、今夜ももれなく同じことを繰り返している。

「副社長、帰ったかなぁ」

携帯の表示は二十二時を回ったばかり。

客先との会食があれば、今日みたいな日は遅くなっても不思議じゃない。でも、もしあの広い部屋で食事をしているのだとしたら、誘ってほしかったな……。

まだ告白の返事ができていないのに、なんて勝手なことを願うのだろうと思うけれど、心は正直だ。

そろそろ眠ろうかと本を閉じてベッドに横たわった瞬間、不意に携帯が鳴って飛び起きた。

「っ……はい」
《まだ起きてた？》
副社長の声は、電話越しでも耳元で甘く響く。
「読書をしてました」
《今から会いに行ってもいいか？》
「えっ⁉」
《お前が足りなくて、倒れそう》
「あのっ」
《着いたら電話する》
一方的に終話された携帯を数秒眺め、私はベッドの上で目をキョロキョロさせながら慌てふためく。
副社長が、私の家に……今から⁉　それとも迎えに来るだけで、私が彼の部屋に行くのかな？
折り返し連絡をして確認しようとも思ったけど、その間に部屋の片付けをした方がいいと気づいて、テーブルに携帯を置いた。
さっき入ったばかりのベッドを直して、明日やろうと思っていた洗濯物を畳んでチェストにしまい、ウェットクロスでフローリングを念入りに掃除して……。

片付けが終わって間もなく、携帯に着信があった。

「はい」

《下に着いた。部屋はどこ?》

「三〇六です」

すぐに一階のオートロックのインターホンが鳴る。四日ぶりの彼は、インターホンの画面の中でも格好よかった。ひと目見ただけで、胸の奥がきゅんと疼いて仕方がない。

ほどなくして玄関チャイムが鳴って、緊張が最高潮になる。

「はい」

《俺。開けて》

部屋の掃除はしたけど、そういえばすっぴんだったと今さら気づいて、チェストの上の鏡を覗き込もうとしたら、早くしろと言わんばかりに、もう一度チャイムが鳴らされ、慌てて玄関に向かった。

「……はい」

「早く開けろ」

細く開けたドアが思い切り引かれ、ドアレバーを掴んでいた私は倒れ込むように彼の胸元にぶつかった。

「ふ、副社長っ⁉」

ドアを背に受けて、玄関に入った彼が私を抱きしめてくる。しっかりした生地のトレンチコートの背に手を回すと、十一月の夜の冷たさを感じた。

「……やっと会えた」

はぁーっと深呼吸するような息遣いの後、私の髪に顔を埋めた彼がそっと呟く。

彼がどんな顔で会いに来てくれたのか知りたいのに、隙間なく抱きしめてくる腕の力には敵わなくて。

「ごめんな、いきなり来て」

「いいですよ。私も会いたかったので」

「っ……‼」

ちょっとだけ身体を強張らせた彼は、私を抱く腕に力を入れる。

「お前は、なんでそういうことをさらっと言うかな」

彼の胸元を少し押し返すと腕を解いてくれて、ようやく顔を見上げることができた。

「顔、赤いですよ⁉ 体調が悪いんですか？」

彼の顔が耳まで赤くなっているのを見て、私はすかさず両頬に手のひらを伸ばした。

ほぼ無表情でぼんやりと見下ろしてくる彼は、熱のせいで頭が回らないのかもしれない。

「熱いですね。大丈夫ですか⁉」

そっか……電話で倒れそうって言ったのは、体調が悪くてしんどかったからなんだろうな。玄関を開けてすぐに抱きしめられたのも、熱のせいでフラフラしちゃってるから——。

「お前、本気でそう思ってるのか？」

「え？」

「分からないならいい」

後ろ手に玄関を施錠した彼は、革靴を脱いで部屋に入っていく。

あんなに真っ赤な顔をしているなら、きっと立っているのも限界だろう。

私は彼を止めることなく後に続いた。

「常温のスポーツドリンクがあるので、今出しますね。食事は済ませたんですか？　卵粥でよければすぐ作ります！　あっ、でも病院に行った方が楽になりそうですか？　それなら今すぐタクシーを」

「どっちもいらないし、医者に診てもらう必要もない。缶ビールがあるなら出してくれ」

「体調が悪いのに、そんなの出せません！」

「あのなぁ……」

ビジネスバッグをテーブルの脚に立てかけ、カーテンレールに引っかけていたハンガーを勝手に取った彼は、コートとジャケットを脱いで私に向き直った。

あれ？　さっきよりも顔色が戻ってきているような……。

「お前は、あと何回俺の気持ちを弄ぶんだ？」

状況が理解できず首を傾げると、それなりの重さがあるはずの私は軽々と抱き上げられてしまった。

「副社長っ⁉」

ベッドの上に降ろされた私に跨って見下ろす彼は、わずかに眉間に皺を寄せている。

「今度から、会いたかったとかそういうことは言うな」

「どうしてですか？」

私だって、この四日間会いたくて会いたくて仕方なかったのに。

「お前にそういうことを言われると、俺の心臓がいくつあっても足りないと言っているんだ。それに、またこんなふうに襲いたくなる」

「っ‼」

一気に距離がなくなり、視界が彼の顔で埋め尽くされてしまった。

「一回しか言わないから、よく聞け」

「……はい」

なにを言われるのかと固唾を呑む。

私を魅惑的な瞳で突き刺す彼から、視線も逸らせなくて。

「俺は毎日茉夏のことを考えてるし、会えない日は早く時間が過ぎればいいと思う。こうして会えた時はどんなに疲れてても甘えられたいし、我儘を聞いてやりたくなる。いつだって抱きしめたいと思っているんだよ」

今度は、私の頬が一瞬にして熱を帯びていく。

さっき副社長の頬が赤くて熱かったのは、私に対する想いがあってこそのものだったのかと気づかされて、思わず彼に抱きついた。

「み、見ないでください」

「なんで？」

「ちょっとだけこのままにしてください」

そんなに甘い言葉ばかり浴びせられたら、どうしていいのか分からなくなる。

それに、すっぴんで赤面したってかわいくもないだろう。ちゃんとメイクしておけばよかった。部屋着ではなく、気の利いた服を着て出迎えたかったな。

「……もういいだろ？」

副社長が私の耳元で囁くから、鼓動が心臓ごと飛び出しそうだ。

「ま、まだです‼」

「あぁ、もう無理だ」

「っ⁉」

力づくで私から身体を離した彼が鋭い眼差しで見下ろしてくる。

やがてふたりの唇が重なって、吐息を交わしてから見つめ合うと、彼はギュッと抱きしめてくれた。

「副社長」

「ん？」

「私のすっぴん、見たくなかったですよね？」

キスもしてくれたし、こうして抱きしめてくれているけど、多少なりともがっかりしたんじゃないかと思う。出会ったばかりの頃に一度見られているとはいえ、地味で華のない私の素顔なんて少しも魅力的じゃないだろうし……。

「そうだな、見たくなかったかもしれないな」

「……ですよね、今度からちゃんとメイクしておきます」

「こんなにかわいいと、襲いたくなる衝動を抑えるのが大変だからな」

先日、副社長室でとろけるようなキスをされたのを思い出してしまった私に、彼は意地悪な微笑みを浮かべた。


冷蔵庫から缶ビールを出すと、隣に座るようにと彼がフローリングを叩いた。

「ソファ、置いてないんだな」

「置きたいんですけど、手狭になるので……。でも、いずれ引越すつもりではいます」

喉を上下させる彼の横顔があまりにも綺麗で、ついつい見惚れてしまう。

額から鼻頭までが稜線のように緩やかに連なっていて、通った鼻筋とその高さに触れたくなる。少し薄めの唇が、さっきまで私の唇を食んでいたのだと思うと、途端に赤面してしまった。

「だったら、俺のところに来い」

「それは遠慮します」

「なんで？」

「副社長と暮らしたら、毎日ドキドキして、私がどうにかなってしまうので……」

そう返すと彼は突然むせて、何度か苦しそうに咳き込んだ。

「早速、俺の言うことを守らないんだな」

「……そうですか？」

会いたかったとか、そういうことは言ってないのにな。

どういうわけかちょっと不満そうな彼に、私は首を傾げる。

「茉夏は素直なのがいいところだけど、俺を困らせるところでもある」

「すみません」

「謝らなくていい」

彼を困らせてしまっているのに、謝らなくていいなんて……男の人の心は複雑だ。

「あ、謝りついでなんですけど、試験ダメでした。やっぱりいきなり二級から受験するのは無謀でしたね」

「残念だったな。頑張っていたのに」

「週末は勉強ばかりしていたんですけど、私の頭が足りないのかもしれません」

副社長のお金で買わせてもらった参考書を、もっと丁寧に読み込むべきだったんだろう。

「まぁいい。次に受験する時は、俺が教えてやる」

「えっ!? 建設業経理士の資格、持ってるんですか?」

「他にも、建築士と測量士、監理技術者、宅建を持っているが、うちで長く働くなら、これくらいは当然だろうな。だから、お前に教えてやるくらい朝飯前だ」

人に自慢できるような資格を持っていない私と比べて、副社長の有能ぶりに唖然とする。名家に生まれただけで胡坐《あぐら》をかかず、兄と比較され続けてきた彼の負けず嫌いな性格が垣間見えるようだ。

「ただ、俺が教えてやったのに落ちた時は……」

脅かすような言い方に、思わず肩を竦めてしまう。

「もっとドキドキさせてやる。お前がどうにかなってしまうくらいにな」

私の言葉を繰り返すような意地悪を言った彼に、またしても頬を熱くしてしまった。

「それはそうと、明日と明後日はデートをするから、予定を空けておけ」

「本当ですか!?」

副社長と、念願の週末デートができるなんて……。

いつもはスーツ姿の彼だけど、さすがに土日は私服だろうし、その姿を想像しただけで胸が高鳴る。絶対に格好よくて、見惚れてしまうに違いない。

「都合が悪いか？」

黙っていたら問いかけられ、私は勢いよくかぶりを振る。

「副社長とデートしたいです！」

「そうか。もし、行きたいところがあれば言いなさい。なければ俺の好きに予定する」

「あ……でも」

会社の誰かに見られたら、どうしよう。

堂々としているようにと彼は言いそうだけど……週末を一緒に過ごしていたら、本当に彼の特別な人になったと思われるだろう。

それに、まだ告白の返事をしていないのに、守ってくれる彼の優しさに甘えてばかりで悪い気もする。

「社の誰かに見られたら、なんて心配はしなくていいからな？　俺といて怖いものなんてないんだから、茉夏は俺をもっと頼りなさい」

私の表情から不安を言い当てた彼は、またしても私を甘やかす答えをくれた。

恋をしている相手からそんなことを言われたら、心の奥までとろけてしまいそうだ。

「明日、本屋さんに行きたいです。新刊を見てみたくて」

「いいよ。この前話した映画も観に行くからな」

「はい！」

副社長と週末デート……楽しみだなぁ。しかも書店に行ける上に、映画鑑賞付きなんて最高だ。

「で、もう帰るのが面倒だから、今晩は泊めてもらう」

「えっ‼」

「……不満か？」

小さく首を左右に振って答えるも、突然のことに私の鼓動は急激に速度を上げた。

「シャワーを借りたいんだけど、いい？」

「もちろんです」

「タオル、置いておいて」

「……はい」

洗面室に案内すると、目の前の戸が閉められた。

シャワーの音を確認してから、そっと戸を引いて洗面室に入り、洗濯したてのバスタオルを棚の上に置く。

異性が自宅に来たことも、ましてや泊まっていくなんてことも未経験。待っている間はなにをしていたらいいのか分からず、洗面室に脱いである彼のベストやYシャツ、スラックスを居室のハンガーにかけてから、ベッドに膝を抱えて座った。

「茉夏、来て」

「はい！」

シャワーの音が止まってから少しすると、浴室の戸を勢いよく開けた彼に呼ばれて洗面室へ急ぐ。

「っ、あの……」

そこにはバスタオルを腰に巻いただけの彼がいて、思わず顔を俯かせてしまう。

なんとか視界の端で彼のつま先を捉えるけれど、これまでになく色気漂う姿に、腰を抜かしかけた。

「俺の服は？」

「部屋のハンガーに……」

そっと視線を上げれば、濡れ髪の隙間から見つめられていて、心臓が止まってしまいそうだ。

「ちなみに、俺が着れそうな服はある？」

「……私サイズの服しかありません」

「そうか。まぁ、その方がいい」

副社長の言った意味が分からず、部屋に戻っていく背を追う。

初めて見た彼の背中は、広くて引き締まっている。健康的な肌色に浮かぶ肩甲骨の凹凸が綺麗で、男らしい肩幅と弛《たる》みのないウエストの比率が、世間で言う逆三角形というものだと知った。腰骨のあたりで巻かれたバスタオルがやたら色っぽくて、どうか解けないようにと願う。それに、スーツの上からでも分かっていた彼の長い脚は、無駄な脂肪もなくて羨ましいくらいだ。

「そんなに俺の裸に興味があるか？」

「っ……な、ないですっ！　着替えがない方がいいっていうのがどうしてかなと、考えてただけで」

背中を凝視する私の視線に気づいていた彼に、慌てて言い訳をした。

「他に男の気配がない証拠」

まさか、そんなことを気にしていたなんて……。

ふっと笑った彼が私の頭にポンと手のひらを置いてから、バスタオルを巻いただけの姿でフローリングに胡坐をかいた。

「明日、一度俺の家に寄ってから出かける」

「は、はい……」

自宅にほぼ裸の副社長がいる状況に戸惑わずにはいられない。だけど、またからかわれてしまうと思って、できるだけ普通に話そうと目を逸らして返事をした。

「土曜は大抵何時に起きてる？」

「遅くても九時には」

「じゃあ、明日もそれくらいに起きて出かけよう」

真っ赤な顔で頷いた私を見て、彼は残りのビールを飲み干す。

いたたまれなくなった私は洗面室に立ち、歯磨きを済ませてから戻った。

「もうすぐ日付が変わるな……そろそろ寝るか」

彼は、ベッドサイドに置いてある目覚まし時計を見て、ふと呟いた。

「副社長はベッドを使ってください。狭くて申し訳ないのですが」

「茉夏は？」

「私は、実家から送ってもらった予備の敷布団と薄掛を使います」

クローゼットの戸を開けてハンガーを端に寄せると、未使用の敷布団が見えた。

「っ‼」

布団を出そうとすると、副社長が後ろから私を抱きしめてきて、驚きと共に両肩が上がる。

「こういう夜は、隣で眠るのが普通だから」

「そ、そうなんですか⁉　でもベッドはシングルですし」

「俺のところに来た時も、一緒に寝てるだろ？」

強引にクローゼットから離され、手を引かれるままにベッドへ直行させられると、彼が先に横たわった。

「こっちおいで」

頬杖をついて私を待つ彼は穏やかに微笑んで、ベッドの空いたスペースをポンポンと叩く。

鎖骨がまっすぐ横に延びる肩幅の広さも、鍛え上げられた胸板と筋が浮かぶ腕も、さっきからずっと私の緊張を煽ってばかりだ。

いくら腰から下が掛布団に隠れていたって、ベッドの中は彼の色気で満ちているに違いない。それに、ベッドサイドには、彼が使ったバスタオルが落ちていて……。

「俺がそっちの布団使ってもいいけど」

「それだけは、なにがあってもダメです」

副社長様をフローリングに直敷きした布団に寝かせるなんて、罰が当たりそうだ。

「じゃあ、お前もここで寝るしかないな」

優しく微笑まれて、胸の奥がきゅうっと締めつけられる。

「お邪魔します……」

「あははは、これ茉夏のベッドだから」

「そうでした……。電気、暗くしますね」

「どうぞ」

遠慮がちに隣に横たわるものの、緊張がピークに達して呼吸すらままならなくなりそうだ。

こんな状況で眠れるはずがない。彼が寝ついたらそっと布団を敷こう。

枕の近くに置いていたリモコンで調光すると、ナツメ球の明るさに幾分かホッとする。

彼の裸は目に毒だ。ついでに、少しでも動いたら、彼の素肌に触れてしまうと分かるベッドの狭さを恨む。

「寝つきはいい方か？」

「悪くはないと思いますけど、今日は睡魔に襲われるのを待ちます」

「……俺が襲ってもいい？」

橙に染まった室内に彷徨わせていた視線が、彼と交わった。

「いい？　なんて聞く気もなかったんだけどな」

彼は頬杖を崩して私の頬にキスをすると、すんなりと覆い被さり、唇を奪ってきた。

副社長のキスは、何度重ねられても慣れることなんてできそうにない。柔らかくて温もりがあって、唇を食む動きは私の緊張を煽ってくる。

意図せず漏れた声が恥ずかしくて身体を捩ると、副社長は私の膝を割るように片脚を入れてきた。

「っ‼」

「お前って、本当にかわいいな」

「許されるなら、このまま愛させてほしいんだけど」

「……そ、それは」

甘い言葉とキスを交互に降らせる彼が、ナツメ球のせいでやたら色っぽく見える。

「分かってるよ。いつか叶えてほしい俺の願望を伝えておこうと思っただけだ」

次第に情欲的になるキスで、彼は咥内を乱し続ける。

そして、私は唇の隙間から甘い声を漏らし、逞しい腕にしがみついて。

……私の身体が小さく跳ねるのを見届け、彼はようやくキスの雨を止めてくれた。

「さーて、寝るか」

涙目になった私を満足げに見下ろし、なにごともなかったように隣に横たわる。

「あの……」

すうーっと深呼吸をした彼も、気持ちを落ち着かせているような気がして、そっと視線を向ける。

「どうした？」

互いに顔を傾け、見つめ合う。ドキドキと鳴る鼓動と甘い痺れの余韻は、狭いベッドの中では彼に伝わってしまっているだろう。

「……おやすみ、おやすみなさい」

「おやすみ、茉夏」

彼は私を守るように抱きしめながら、先に眠りについた。


――翌朝八時。

深夜まで寝つけなかったのに、眠気もないし肌艶もいい。

そっとベッドを出て、メイクまでの身支度をひと通り終えると、未だベッドで眠っている副社長の寝顔を眺めようと、枕元のフローリングにそっと座った。

羨ましいくらい睫毛が長い。毎日激務のはずなのに、肌荒れは皆無だ。高級なスキンケアでも使ってるのだろうか。……いや、食べているものも違うんだろうな。連れていってもらったお店の料理は、どれも美味しかったもん。それに、あんなに素敵な部屋で暮らしていたら、ストレスも消えてしまいそうだ。

規則的な寝息を穏やかに立てている彼の唇に触れてみたくて、できるだけ気配を消して膝立ちになる。仰向けの顔を見下ろし、そっと人差し指を伸ばしたら、彼がおぼろげにまぶたを開けた。

「……ん？　いま何時？」

「はっ、八時半です」

あぁ、びっくりした。やっぱり慣れないことはするもんじゃないな……。

「あ、そう……。あと三十分寝かせて」

「ど、どうぞごゆっくり……っ⁉」

「お前も来て」

強引に腕の中に収められた私は、それから三十分ほど彼の温もりに包まれた。

九時を少し回った頃、私の家を出て、タクシーで彼の自宅にやってきた。

すぐに支度を済ませるからと言われて、リビングで彼を待つ。

黒いガラスのローテーブルの上には、数日分と思われる郵便物が置かれていた。一流百貨店の外商からの案内や、建設業関連の親展封筒があり、中には封を切って内容を確認したものもある。

日常を垣間見ると、本当にあの副社長と一緒にいるんだと実感させられる。

彼の気持ちに応えたら、こんな毎日が続くのかなぁ。考えるだけでドキドキしてしまうから、やっぱり彼と暮らすなんてできそうにない。

「お待たせ、行こうか」

ケーブル編みの白いニットコートの下にデニムシャツを着て、細身の黒いパンツを合わせた私服の彼は、さながらモデルのようで瞬きもせずに見惚れてしまった。

彼の愛車に乗って、首都高を走る。しばらくすると景色が開けて、みなとみらいの観覧車やベイエリアが見えてきた。

書店で車を停め、平積みの新刊コーナーや好きな作家の作品が面陳列されている棚を行き来しながら、買いたい本を三冊に絞った。

彼も会計を済ませ、袋から出して見せてくれたのは、世界の建築をまとめた分厚い本。それを嬉しそうに手にする表情は、少年のようにキラキラとしていた。

書店を出て、彼は再び車を走らせる。

「あんなに分厚い本、買ったことも読んだこともないです」

「俺は毎年買ってるから、今年分を逃すわけにいかなくてさ」

「毎年⁉」

「この業界にいるからには、日々勉強しないとな。こういう文献は、客先のオーダーイメージを膨らませる時、いい資料になるんだよ」

「なるほど……」

少し走ったところで、ホテルの駐車場に入った。

「食べたいものが決まってなかったから、ビュッフェランチでいいか？」

「はい」

「和洋中、なんでもあるから好きなだけ食べて。俺のイチ押しは目の前で作ってくれるオムレツ」

エレベーターで上階までやってくると、週末の昼時だからか子ども連れの家族や恋人同士の姿も多く、五分ほど待ってから店内に案内された。

綺麗に並べられた数々のメニューはどれも美味しそうで心が躍る。副社長おすすめのオムレツは、艶々の黄色い卵が綺麗でナイフを入れるのがもったいないくらい。ふたりとも食べたいものを少しずつプレートにのせて、席へ着いた。

食事をしながら映画の上映時間を待つ間、笑顔の絶えない彼と過ごせるのが嬉しかった。


「こんなラスト、予想してなかったです」

「ラストがあれって、予想外だな」

映画を観終わって、二時間半ぶりに言葉を交わしたら、どちらからともなく同じことを言うから笑い合ってしまった。

「茉夏」

「はい……っ⁉」

客席からの扉を出たところで、他の観客の目を気にせず、彼が顔を近づけてキスをしてきた。

「よし、充電完了。次はどこに行きたい？」

彼が私の手を堂々と繋いで歩き出す。

私は、社員の誰かに見られていないかと、周りに視線を配った。

「だから、気にしなくていいんだよ。俺に頼って甘えてくれたら、いくらでも守ってやるから安心しなさい」

「……はい」

彼と一緒にいれば無敵なような気がした。だって、こんなに優しくて温かい人だから。いつでも私を守るって言葉にしてくれるから。

なによりも、生まれて初めて失いたくないほど、心奪われた人だから……。


外に出ると、すっかり日が暮れていた。

十八時前の横浜の街は冷え込んでいるけれど、彼が繋いでくれている手の温もりは、秋風からも私を守ってくれているよう。

「……副社長の手って、いつも温かいですね」

「そう?」

素っ気ない返事をするけど、さりげなく指が絡められて恥ずかしくなった。

手のひらから伝わる彼の温もりが愛しい。

誰にも知られたくない彼の一面を、ひとり占めしてしまいたくなる。優しい性格も柔和な微笑みも、不意に見せる流し目やキスの感触、穏やかな寝顔……なにもかも。

大通り沿いのカフェで映画の感想を話して過ごしていたら、気づかぬうちに街の景色が夜景に変わっていた。

十九時を回り、食事に行こうと彼が誘ってくれたのはランドマークタワーのレストラン。いつの間にか彼は予約を済ませていたらしく、入口で出迎えた店員に名を告げてから、席までエスコートしてくれた。

「わぁっ……‼」

六十八階からの絶景に一瞬で魅了された私の隣で、彼は携帯のカメラシャッターを切った。

「写真が趣味なんですか？」

「そんなこと話したか？」

「前に、タクシーから見えたハロウィン仕様の店先も撮ってたなぁと思って」

「あぁ……別にそういうことじゃないよ。茉夏と過ごした時に見たものを撮ってるだけ」

なんの気なしにそんなことを彼が言うから、私はぽかんとしてしまった。

まさかそういう意味があったなんて思いもしなかったから……。

「いいね、そういう顔も」

「あっ、ちょっと‼」

口を半開きにした表情を撮られた私は、彼の携帯に手を伸ばす。だけど、彼はすごく楽しそうで。

「お願いだから、そんなの消去してください！　絶対変な顔してるから！」

「いろんなお前の顔を残しておきたいの。これくらいの我儘は許せ」

むーっと口を突き出して膨れたけれど、彼の笑顔には負けてしまった。

それに、私を撮りたいなんて言われたら、ちょっと恥ずかしいけれど嬉しくて許してしまうに決まってる。

「チョリソーの盛り合わせとカプレーゼをひとつ、自家製スペアリブと帆立貝とオマールエビのグラタンはふたつお願いします。それと……ノンアルコールビールをひとつ」

「私もノンアルコールでいいです」

「じゃあ、ふたつで」

店員に注文をする彼は、迷いなく私の好きなお肉や魚介を混ぜてオーダーしてくれた。

すぐに届いたビールで乾杯をして、順に並ぶ食事に舌鼓を打つ。だけど、だんだん彼が無口になってきている気がする。あまりにも夜景が綺麗だし、食事も美味しいからかなって思ったけど、なんだかいつもと違う。

早くも二杯目を頼んだ彼は、ゆっくりと食事をしている私に改めて向き直った。

「茉夏、話しておきたいことがある」

彼は話し出す頃合いを見計らっていたようだ。口角をわずかに上げている彼の表情で、きっとなにかいいことを告げてくれるんだろうと期待する。

「月曜から、しばらく海外出張に出る」

「大変ですね、出張も海外だと移動が長いし……」

彼が多忙なのは、よく分かっているつもり。スケジューラーは常に埋まっているし、会えない日が続くことも、帰宅が随分遅い日もあったから。

でも、なにかいい話を聞かせてくれると期待していた分、落胆は大きい。

「もう慣れたよ。部長職の頃は、海外勤務だってしたことあるしな」

「そうだったんですね！」

彼に微笑むと真剣な眼差しが返されて、私はビールをひと口含んで喉に通した。

「でも、茉夏と会えないのは慣れないだろうな」

「いつ戻ってくるんですか？」

「今回は一、二カ月かかると思う。どれくらい仕事が早く進められるかによるから」

「どこに行くんですか？」

「欧州だよ。各国にいる客先や支社に出向くから長期なんだ。この前行ってきたのも、今回の件に関係してる」

そんなに長く会えなくなるなんて……考えただけで心が潰れてしまいそう。離れるのが寂しくて、『行ってほしくない』と言葉にしたくなるけれど、そんな我儘は言えるはずもなく、グッとこらえた。

「だから、この週末は茉夏といたかったんだ。プライベートで会わないで発とうかとも思ったけど、向こうに行ってから後悔するのが目に見えてたから」

「……会えてよかったです」

「そんな悲しそうにするなよ。連れていきたくなる」

彼は向かいの席から長い腕を伸ばして、涙目になった私の髪をやわやわと撫でてくれた。

私なんかが彼の隣にいるのはふさわしくないと、ずっと思い悩んでいた。彼がどんなに私を愛してくれていても、ふたりの住む世界が違うから、きっといつか終わりを迎えてしまうだろうと諦めていたところもあった。

だけど、自分の気持ちを伝えられないまま離れてしまったら、きっと後悔する。

彼としばらく会えなくなってしまうという現実に背中を押され、今夜私の気持ちを伝えようと決めた。

食事を終えて、彼の運転で向かったのは私の自宅。着替えやお泊まりに必要なものを持っていくためだ。

明日の夜には帰るつもりでいたけど、月曜の朝、時間が許すまで一緒にいたいと言われて、通勤着も一緒にショッパーに詰めた。

彼の愛車で第二京浜を走る間、運転する彼を見つめる。

休日の穏やかさを浮かべた横顔も、大きくて綺麗な手でハンドルをさばく姿も、なにもかもを目に焼きつけておきたくて……。

「どうした？　歩き回って疲れさせたか？」

「……………」

正面を向いて運転している彼は、かぶりを振った私を視界の端で気にかけてくれている。

「大丈夫だよ、ちゃんと帰ってくるから」

彼は、小さく微笑みを浮かべて家路を急いだ。

彼の自宅に着いてリビングに入ると、ワインセラーで彼がどれを開けるか選んでいる。

シックでお洒落な壁時計は、二十二時半を回ったところ。

並んでソファに座って、注がれたワインを喉に通し、なにから話そうかと考えていたら、そっと肩を抱き寄せられた。

彼の肩先に頭を預け、ほんの少しだけ寄りかかってみる。慣れていなくて少しぎこちなくなってしまったけれど、彼が回した手で私の髪を撫でてくれたから、甘えることを許してくれたように感じた。

「明日は、茉夏が話してたオリジナルアロマの店に行こう」

「覚えててくれたんですか?」

「俺も行きたいと思ってたんだよ。茉夏に、俺に似合うように作ってほしい。それも出張に持っていくから」

「いいんですか?」

「もちろん。俺の匂いを気に入ってくれてたようだし」

「っ‼」

以前、ここでそんな話をしたと思い出させられて、同じように頬を染めてしまった。

あの時は、彼の胸元を直視したせいで、とんでもなく鼓動がうるさかったはず。

そして、彼への熱い気持ちを自覚した夜でもあって……。

私は預けていた身体を起こして、ワインを注ぎ足した彼を見つめる。

「……少しの間、私の話を聞いてもらえますか？」

「なに？　改まって」

彼はボトルをテーブルに置いて、同じように向き合ってくれた。

その瞳は私を案ずるような優しさに溢れていて、そんなところにも強く惹かれたのだと思うと、緊張でドキドキしてしまう。

だけど、今夜伝えるって決めたから……。

「副社長の気持ちを知った時、本当にびっくりしました。まさかの出来事だったので現実味もなくて……。ずっとお返事ができなくて、本当にすみません」

「気にするな。俺が一方的に迫ったところもあるんだし」

五十五階からの夜景を背に、彼は口角を上げて唇に綺麗な弧を描いた。会社では見せないその柔和な表情にまたひとつ鼓動が鳴って、さらに想いが込み上げる。

「どうして私なんかを副社長が選んでくれているのか、いくら考えても分かりませんでした。副社長の周りには、とびきり綺麗な女性もたくさんいるはずだし、社内にもキャリアがあって華やかな女性もいるし……。だけど、副社長と過ごす時間を重ねていくうちに、一緒にいられる時間を楽しみにしている自分に気づいたんです」

〝プライドがエベレストよりも高い、冷徹な御曹司〟なんて、一体誰が言い出したのかと思うほど、本当の彼はとても優しくて、頼りがいがある。こうして私の話に耳を傾けている間も微笑みを絶やさないのは、彼の寛厚《かんこう》な心を表しているからだろう。

そして、それが私にだけ向けられる特別なものだったらいいと、そう願うようになって……。

「それで、あのっ……」

彼に恋をしたと伝えようとすると言葉に詰まる。

〝好き〟だけじゃ足りないほど、副社長が好きで……。

「今は、周りになにを言われても、どう思われても、副社長と一緒にいられるのが嬉しいんです」

「ありがとう」

ふっと目尻を下げただけで、私の想いを煽っているなんて彼は知らないんだろうな。

「それで、あの……副社長のことをもっと知りたいし、私のことも知ってほしいし」

「うん」

「だから、その……」

「ん？」

肝心の想いを伝えきれなくて、とうとう俯いてしまった。

好きと告げるのが、こんなに難しいなんて思いもしなかったから、つい下唇を軽く噛んで、自分にじれったくなる。

「茉夏、ちゃんと話して。俺、月曜からいなくなるんだよ？　このままじゃ、気になって仕事に支障をきたすかも」

「っ、そ、それはダメです！」

そんなの社員としてあるまじきこと。私なりに、彼の役に立ちたいと思っているのに……。

「副社長」

「はい」

改まって誠実な返事をしてくれた彼は、声色こそ穏やかだけど、瞳は真剣だ。

私は大きく息を吸ってから、ありったけの勇気を振り絞った。

「好き、です……っ‼」

その瞬間、彼は勢いよく私を引き寄せて、きつく抱きしめた。

私も彼の背中に手を回し、抱きしめ返したら、彼の腕がゆっくりと緩んでいく。

お互いを瞳に映せば、想いが通じ合うようで、どちらからともなく再び抱き合った。

「俺は、この世で一番幸せな男なんだろうな」

耳元で囁かれた吐息混じりの声色は、至福に満ちている。

「こんなにかわいくて、一生懸命俺のことばかり考えてくれる子は、お前しかいないよ」

もう一度、見つめ合うだけの距離を取った彼は、不意に私の唇を軽く食んでから微笑んだ。


それからしばらくキスの雨を降らせた彼は、私の手を引いてリビングを出た。

長い廊下の途中にあるドアを開け、さらに続く廊下の先にはガラスの扉がある。何回か連れられて入ったここは、彼の寝室で……。

今までとは違うと、未経験でも分かる。ただ抱きしめられたり、キスをされるだけではなく、愛を確かめ合うのだろうと思うと、けたたましい鼓動が耳鳴りのように響いた。

キングサイズのベッドに導かれ、隣り合って腰を下ろす。

強く自覚する緊張で身動きひとつ取れず、胸元で両腕を縮めて彼を見上げるのが精いっぱいだ。

キスをしながら、彼はゆっくりと私を押し倒し、覆い被さった。

「俺のこと、どれくらい想ってるか教えて」

「……毎日考えてしまうくらいです」

「足りないなぁ……」

思いの丈を震える声に乗せたら、彼はやんわりと微笑みながら意地悪を言う。

「っ、んっ……」

どう伝えたら心に秘めていた気持ちに見合うのか、必死で言葉を探していると、彼はいたずらをするように短いキスを唇に落とした。

だけど、こんな甘い時間にも限りがある。週末が終わって、月曜になれば、離れて過ごす日々が始まって。

そんなことを考えていたら、彼のいない日々をどう過ごしていいか分からなくなりそうで、切なくてたまらなくなった。

「副社長、そんなに甘やかさないでください。……今、一緒にいるのに、もう会いたくなるくらい好きなんです。離れるのが怖くて、心が壊れてしまいそうなほど好きなんです」

「俺も、お前を愛さずに生きていけないくらい大好きだ」

彼の想いの深さに、声をのむ。そして、優しく重ねられた私の唇からは、吐息が漏れた。

ブラウスのボタンがひとつずつ外され、魅惑的な彼の瞳の下で素肌が焦がされたように熱を持つ。

「茉夏、怖いか?」

案ずる問いかけに、小さくかぶりを振る。

初めてだと伝えたことはなくても、察してくれた彼の気遣いが嬉しいと思った。

繊細な白いレースで隠された、誰にも触れられたことのない膨らみが彼の大きな手に包まれ、容易に形を変える。

「んっ……」

自分でも聞いたことのない甘えた声が恥ずかしくて、半身を捩ってしまった。

触れられるたびに緊張を帯びてしまう私をあやすように、彼は髪を撫でて、何度も甘いキスをして、優しく見つめてくれる。

彼は着ていた服を脱ぎ捨てて隣に横たわり、私をそっと抱きしめた。

素肌で触れ合って、温もりを混ぜ合って……少しでも私の緊張を和らげようとしてくれる。

そんな彼が愛しくて、逞しい胸板にくっつくように頬を寄せた。

「茉夏、好きだよ」

「……うん」

「今は、なにも考えないで。俺だけ見てなさい」

純白のレースを丁寧に脱がせた彼が、少しずつ私のすべてに触れていく。

秋月がふたりを照らすベッドの上、私は誰にも見せたことのない姿を晒した。

「んっ……」

「声、我慢しないで」

彼は柔らかな唇や長い指で堪能するように愛でて、恥じらう私が漏らした嬌声に艶のある微笑みを浮かべた。

やがて、息をのむほど均整のとれた彼の身体が、私に影を落とす。

「大丈夫だよ。優しく抱くから」

魅惑的な瞳に見つめられながら、少しずつゆっくりと繫がっていく。

最奥まで満たされたら、想いが涙となってこぼれた。

「平気？　つらくないか？」

「うん……」

私の目尻を指先で拭ってくれた彼は、甘やかな皺を眉間に薄く浮かべ、大きく息をついた。

そして、彼は吐息を漏らしながら私を揺らし、何度も何度もキスを落として、愛を刻んで……。

「茉夏が寂しくて泣かないように」

ひとつになったまま重ねられた唇は、しっとりと離れる。

「会いたくなったら、俺に愛された時間を思い出せ」

より深く長く、想いを交わすようにキスをされ、再び身体が揺らされた——。


——月曜。

午前の便で発った彼が搭乗している飛行機は、今どの辺りを飛んでいるのかと想いを馳《は》せる。

自席で、金曜の夜から今朝までの一連の出来事を思い出してしまうけど、浮かれる気にはなれなかった。

最長二カ月も会えないなんて、つらすぎる。

もともとは、ひとりの毎日が当たり前だったのに……もう彼なしじゃいられないほど、彼の愛を十分に注がれてしまった。

『茉夏を焼きつけておくから』と、魅惑的な瞳でじっと見つめながら、吐息混じりにすべて愛された時間を思い出してしまう。

副社長、もう会いたいです。

あんなにキスをしたのに。

とろけてしまうほど、愛されたのに……。

「深里さん」

「はい……」

「え、なに、どうしたの？　なんで涙目なの？」

晴れて倉沢さんの彼女になった香川さんが、ピカピカの笑顔を向けてくる。

私だって副社長の彼女になれたのに、交際三日目にして、遥か遠くにいる彼を求めてしまう。

「コンタクトの調子が悪いだけです」

はぐらかさなくちゃいけないのは、彼との約束があるから。彼が帰国するまではなにかあっても私を守ることができないからと、交際を秘密にするよう命じられたのだ。だから口が堅くて信用のおける香川さんにさえ、この切ない思いを吐露《とろ》できない。

彼がいない日々は、なんとも味気ないものだ。

仕事のためだけに出社して、食欲の失せた身体に義務的にランチを入れて。月末月初以外は、ほぼ定時で帰宅した。

副社長と親しくなる前の毎日に戻っているだけと言い聞かせても、やっぱり彼の気配がないだけで、いつの間にか笑顔も減った。

スイスにいると連絡があった後、ドイツやフランスを回っているとメールが届いた。時々、綺麗な街並みや山々を撮った写真も添付してくれたけど、彼自身が映っているものは一枚もない。

「会いたいな……」

月に照らされて愛し合ったあの夜、ふたりで見上げたように自宅のベッドから空を見る。

曇り空の今夜は月明かりもなくて寂しい。

――副社長は、今なにをしていますか？

十二月二十二日、木曜日。彼が日本を発ってから、一カ月と五日が経過した。

指を折って数えるように、自席の卓上カレンダーの日付を追うのは、いつからか日課になってしまった。

十七階から見下ろす街並みは、聖夜を迎える色でやたら煌めいている。

香川さんは倉沢さんと一緒に過ごすようだし、経理室内も早々に閑散とし始めた。

「お先に失礼します」

「はい、お疲れさん」

先輩社員に一礼して、十九時前に経理室を出た。

彼がいないと、どんなに綺麗なイルミネーションもモノクロで、彼の部屋からの夜景や、横浜で見た眩さが恋しくなるばかり。

エレベーターで地上階に下りて、未だに大勢の社員が行き交うエントランスロビーを歩く。総合案内の受付嬢も定時を迎えたようで、業務終了の札がカウンターに置かれている。

あと何日、彼のいない社屋で過ごせばいいのかと思うと、深いため息が漏れてしまった。それを止める気にならず、私は今夜も肩を落として、正面玄関へ足を向ける。

すると、周囲の女子社員が騒がしくなって、俯いていた顔を上げた。

ざわめく彼女たちは次第に個から集団になって、正面玄関を埋めてしまった。そして、自動ドアがゆっくりと開くと、歓声が響いた。

「おかえりなさいませ！」

「お疲れ様です、副社長」

――副社長？

まさかそんなはずはない。だって、彼の帰国はまだ先だもの。彼に会いたい想いのせいで、聞き間違えてしまったのだろう。

寂しく笑みを浮かべて、再び歩を進める。また俯いて、とぼとぼと一歩ずつ。

「茉夏」

柔らかな声が、耳を撫でるように聞こえた。

おもむろに顔を上げると、黒のカシミアコートを着た愛しい彼が目の前にいる。

寂しすぎて幻影まで見るようになったのかと、信じられない思いで瞬きを数回繰り返した。

「ただいま」

だけど、目の前にいる彼は、ふたりきりの時に見せるような甘い微笑みを浮かべ、両腕を大きく広げていて……。

驚きと戸惑いで動けなくなってしまった私を、彼は周囲の視線など気にせず、力強く抱きしめてくれた。

そして、悲鳴のような声をあげている女子社員たちの合間を縫って、副社長は堂々と私の手を引き、黒塗りのハイヤーに乗り込んだ。


彼の自宅に招かれるのも久しぶりで、初めて来た日と同じくらい緊張してしまう。

リビングのソファに座ってもなお、彼は私の手を離さずに繋いだまま。そして、短いキスを交わした後、私を存分に抱きしめてくれた。

「なにごともなく過ごしてたか？　困ったことはなかった？」

「……ありました」

「なに？　言ってごらん」

そっと身体を離した彼は大きな手のひらで髪を撫で、優しい眼差しで心を温めてくれる。

「副社長がいないと、毎日寂しくて」

「俺も会いたかった。茉夏が足りなくて、心が潰れそうだったから、仕事を片付けて飛んで帰ってきた」

今までは恥ずかしくて、見つめることすら勇気がいったのに、今夜はどんな瞬間の彼も焼きつけていたいと思う。

「寂しくさせてごめんな」

私の頬を濡らした涙の跡を、彼の指先が辿る。

会えない間、毎日のように流した涙もひと粒残らず掬《すく》うように。

「離れて過ごすなんて、きっともう無理だ。俺が壊れてしまうって、よく分かったよ」

再び溢れた涙は彼の唇で拭われ、ゆっくりとソファに押し倒された。


——三月十日、金曜日。今日は御門建設の創立百周年記念日だ。

一般客も入場できる縁日が催されていて、十七階から望む敷地内は大勢の人で朝から賑わっている。

午前中は通常業務をこなすよう指示があり、日頃と変わらぬ時間を過ごす。

香川さんは、有休消化をマレーシアへの渡航準備にあてていて、忙しく過ごしているらしい。今朝、創立記念の催しに参加できなくて残念とメールをくれた。

私はというと、副社長が欧州から帰国した夜、あんなに堂々と抱きしめてくれたおかげで、〝副社長の彼女〟として目立つ存在になってしまった。

だけど、彼からのクリスマスプレゼントを思い出すだけで、とても心強く、無敵になった気分だ。

『これからどんな未来が待っていても、菜夏を愛してる。俺と結婚してほしい』

特別な夜だからと五つ星ホテルのスイートルームを予約してくれていた彼は、小雪舞う夜景を眺めていた私にプロポーズをしてくれたのだ。

今までのどの言葉よりも嬉しく、思わず泣いてしまった私を抱きしめてくれた温もりは、日が経っても色褪せることない。


ランチを済ませ、十四時半になると、創立記念式典に出席するため、敷地内の別棟にある大ホールで社員が一堂に会した。

檀上には、会長や社長など役職者の席がセッティングされている。開始時間まで、広い社内で日頃顔を合わせられない社員同士や、招待されている来客の談笑する声が響いていた。

予定時刻になると、役職者が一礼してから登壇し、その中に副社長の姿もあった。

今日の彼は一段と素敵で、離れた席からでもつい見惚れてしまう。漆黒のスーツは彼の佇まいによく似合っているし、爽やかなブルーのネクタイと茶系のポケットチーフがとてもお洒落だ。

司会を務める秘書は、社長の挨拶が済んだ後、副社長の名を告げた。立ち上がった彼は列席の役職者と来賓に一礼し、壇上のマイクの前に立った。

「創立百周年記念にあたり、ひと言ご挨拶をさせていただきます。改めまして、弊社代表取締役副社長を務めております、御門です――」

挨拶を始めた彼は、メモなどを見ることなくホール全体に目を配って話し出した。普段見ることのない特別な光景と、いつにも増して凛々しさを感じる彼に、胸の奥がドキドキと騒ぐ。

「今般、世界情勢や国内の動向に注視が必要な中、創立百周年を迎えることができましたのも、当社をご愛顧いただいておりますお客様をはじめ、諸先輩方、従業員、その他関係先様の絶大なご支援の賜物《たまもの》であり、心より厚く御礼申し上げます。さて、早速ではありますが、私からは当社が更なる飛躍を果たし、世界ナンバーワンと自負できる企業に成長するために必要な課題について、三点お話させていただきたいと思います。まず、開発領域と海外事業の拡大です――」

彼の話に誰もが熱心に聞き入っている。前列に座っている男性社員がパンフレットにペンを走らせて、彼の言葉を残しているのが見えた。

仕事に厳しく一切の妥協を許さない彼は、若くして副社長の職に就いても、年齢問わず社員に尊敬されている。そんな人に愛されるなんて夢みたいだと常々感じてはいたけれど、こうしてそれを目の当たりにすると、私も一層彼に尽くしていきたいと思った。

「――最後に私事ではありますが、この場をお借りしましてご報告させていただきます。私、御門慧は、経理室にて勤務されている深里茉夏さんと婚約いたしました」

騒然とするホールは、社員の驚きに満ちた声で支配されていく。

周囲に座っている社員からの注目を浴び、突然のことに動揺を隠せずにいると、彼は壇上から降り、席の間を縫ってこちらに向かって歩いてきた。

「っ‼」

目の前に立った彼は、おもむろに私の左手を取った。

「これから君を幸せにすると誓う。だから、私から離れるな。いいな？」

いつもの冷静な表情と魅惑的な視線はそのままに、公の場でストレートな想いを告げた彼の瞳はとても真剣で誠実で……。

「はい」

私が迷わずに返事をすると、ホールが祝福の声と拍手で満ちていく。

そして、彼は私の手の甲にそっと唇を寄せた。


「ただいま」

式典後、関係者と会食を済ませた彼が、二十二時過ぎに帰ってきた。

先に彼の部屋に来ていた私はリビングを出て、靴を脱いだばかりの彼に抱きついた。

「おかえりなさい」

「どうした⁉　なにかあったか？」

初めて私から抱きついたせいで、彼はとても驚いている。

「教えてほしいことがあるんです」

「なに？」

身体を離し、会社では絶対に見せない甘い微笑みを浮かべた彼は、私の手を引いてリビングに入った。

「どうして私があの席に座ってるって知ってたんですか？」

同僚や女子社員たちの視線や冷やかしから逃げるように帰宅しながら、ふと気づいたのだ。彼は、あんなに大勢の社員が揃っている大ホールの中で、迷うことなく私のもとまで歩いてきたと。

「式典が始まってから、ずっと探してたんだ。こんなにかわいいフィアンセをひとりにさせるわけにいかないからな」

彼は、私をきつく抱きしめながら、髪を撫でて甘やかす。

「どこにいても、俺は茉夏を見つける。一生守るから、ついてきなさい」

とびきり甘い微笑みとともに、彼は優しいキスを落とした。

特別書き下ろし番外編

蜜月

「忘れ物はないか？」

「あっ、パスポート！」

四月末、ジャカルタ市内のタウンハウス。数年前に購入した別荘の玄関で彼女が戻るのを待ちながら、俺は今日までをしみじみ振り返る。

創立記念式典後の春、百周年を機に父が職を退き、兄は会長、俺は代表取締役社長に就任した。

茉夏はその年の六月末に退職し、今は家庭に入って日々俺のために尽くしてくれる最高の奥さんだ。

さらなる重責を担う立場に就いた俺の毎日は、今までにないほど多忙を極め、『入籍と挙式は同じ日がいい』という茉夏の願いを叶えるべくスケジューリングしていたものの、なかなか都合が合わず……結局、プロポーズから一年後のクリスマスに入籍と挙式を済ませ、晴れて俺たちは夫婦になった。

本当なら、そのままハネムーンを計画したかったのに、多忙さは年が明けても変わらなくて。

ただでさえ、挙式や入籍まで時間が空いていたのに、ハネムーンまで先延ばしだなんて、俺が女だったら我儘を言っただろう。だけど、茉夏は『仕事を最優先してください』と理解を示し、文句ひとつ言わずにいてくれた。

「お待たせしましたー！」

「あったか？」

「はい！」

……あぁ、かわいい。

しっかりしているようでどこか抜けているうちの奥さんは、今日も朗らかで純粋な笑顔を俺に見せる。今までどれだけ俺の心を射抜いているかも知らずに。

リビングから小走りで戻ってきた彼女の手を引き、スカルノハッタ国際空港へ向かった。


「もう帰るのかぁ……」

ハイヤーが空港の車寄せに入ると、彼女は物憂げに呟いた。

「せっかくの新婚旅行が二泊三日じゃ味気ないよなぁ」

「あっ、別に不満ではないですよ⁉　忙しいのに連れてきてくれて、感謝してるんです！」

「あははは。ありがとう」

もちろん、彼女が俺を責めているわけじゃないのは分かっているけれど、あまりにも必死だから思わず笑ってしまった。

ロビーのソファに彼女を待たせている間、手続きの一切を済ませ、予定時刻通りに搭乗口へ向かう。

「さて、行くか」

「帰ったら、また忙しくなりますね」

「いや、しばらくはのんびりできる」

「すぐに北海道《ほっかいどう》に出張の予定でしたよね？」

数日前の会話の記憶を手繰り寄せている様子で、彼女は小首を傾げた。

「これからバリに行く」

「えっ⁉　帰国するんじゃないんですか⁉」

彼女には『ジャカルタに二泊、帰国後は出張』と話しておいたけど、本当は八泊九日のハネムーン。

「しないよ。せっかくの十連休なんだから」

「じゅ、十連休⁉」

「ほら、行くぞ。時間が迫ってる」

目を丸くし、声をのんで立ち尽くしている彼女の手を引き、国内線に搭乗した。


――約二時間後、俺たちはバリ島に降り立った。

「これに乗るんですか⁉」

「そうだよ」

送迎の車列でひと際目立つ高級外車のセダンを前に、彼女は再び足を止めた。

「普通のタクシーにしましょう。ジャカルタに来るだけでも贅沢したばかりですよ？」

「いいから。ほら乗って」

確かに、日本からジャカルタまではファーストクラスで移動したし、この二日間で彼女に服を買ったりした。でも、それはバリで数日過ごすために必要なものを現地調達しただけ。しっかり者で堅実な彼女らしいとは思うけれど、こういう時は普段できないことをして、心ゆくまで楽しむのが一番だ。

戸惑い気味の彼女も、空港から三十分ほど走ってヌサドゥアの景色が近づく頃には、すっかり魅了されてしまったようだ。

この地域に入るには厳しいセキュリティチェックが必要で、もれなく俺たちもチェックを受けてゲートを通過し、十五時前に六つ星のラグジュアリーリゾートに到着した。

施設内でも最高級のヴィラは、クリフトップと呼ばれる断崖の上にある。専属のバトラーに案内されてリビングに入ると、心地いい南風が吹き抜けた。

ヴィラのどこにいても紺碧《こんぺき》のインド洋が一望できるオーシャンビュー。テラスの向こうにはプライベートプールと手入れされた天然芝の庭が続いていて開放的だ。

耳を澄ませば波の音が聞こえてきそうなほどの静寂と青々と茂る自然に包まれ、心まで洗われるよう。

調度品やインテリアは、ラタンを中心としたバリテイストで統一され、すべての床は白亜の大理石が敷かれている。ヴィラ宿泊者のみ使用できる専用ビーチやスパなども用意されているし、極上の時間が過ごせそうだ。

バトラーが出ていってふたりきりになると、目を輝かせている茉夏が俺を見上げた。

「言葉になりません……」

「気に入ったか？」

「もちろんです！」

眺望に目を奪われている彼女のかわいい横顔を見遣ってから、俺も隣で同じ景色を眺めた。

「綺麗だな」

「本当に夢の世界みたいです」

つくづく、俺は幸せ者だと思う。

どんなに激務で疲労困憊していても、帰宅して彼女が迎えてくれるだけで疲れなんて吹き飛ぶし、毎日振る舞ってくれる手料理は最高にうまい。

日頃、他愛ない話を聞かせて疲れさせていないかと茉夏は気にかけるけれど、仕事で家を空ける時間が多い俺にとっては、彼女の日常が明るいものだと確認できて、心から安心できる。

なによりも、こんなにかわいい奥さんと一緒に旅行できるなんて、数年前までは想像すらしていなかったんだから。

そっと彼女の顔を覗き込むと、大きな瞳から涙がたくさんこぼれている。

「どうした？」

「いつの間に、こんな素敵なサプライズを考えてくれたんですか？　忙しかったはずなのに……」

拭いきれないほどの大粒の涙を流す彼女がかわいすぎて、ゆったりと背中から抱きしめた。

「仕事の都合で入籍や式も待たせて、新婚旅行までお預けだっただろ？　それでも俺についてきてくれたお前には、これくらいのプレゼントをしないとな」

「……慧さん、ありがとう」

小柄で細い身体に、綺麗な黒髪。ぷっくりと艶やかな唇は日差しを受けた赤い果実のよう。昨夜愛したばかりなのに、彼女の乱れた表情をふと思い出したら、衝動的にうなじにや耳に唇が触れていた。

「っ……」

「愛してるよ」

耳元で囁けば、急沸騰した彼女の頬の熱が目に見える。

結婚して日が経ってもなお、初々しい茉夏がたまらなく愛おしいと思った。

夕焼けが広がり、敷地内の至るところにキャンドルが灯って、現実離れした情緒的なムードに包まれていく。

十七時半を回ったころ、俺たちはヴィラを出てプライベートビーチへ散歩に出た。朱色と黄金色に染まる砂浜で波打ち際を歩く茉夏の背を追う。

彼女があまりにも綺麗で、思わずカメラのシャッターを切る。鮮やかなマリンブルーと白のワンピースの裾がひらりと舞うたびに俺は息をのんだ。

ふと振り返った彼女が無邪気な笑顔を向けて、近づいてくる。

「っ‼」

「あははは！」

波打ち際で、俺に飛沫《しぶき》をかけた彼女が逃げ回るけれど、追いかけた俺にすぐに捕まって、彼女は腕の中で笑っている。

「ごめんなさい」

「許さない」

「だって慧さんがずっと考えごとしてるから。こういう時くらい、お仕事は休んでください」

俺はもとからそんなに口数が多い方ではないけれど、どうやら彼女には仕事を気にかけていると思われていたようだ。文句のひとつも言わずに、仕事に忙殺される俺を見てきたのだから、そう思うのも無理はない。

だけど……。

「茉夏が思ってる以上に、日本を離れてからずっとお前のことだけ考えてるよ。今だって、仕事のことなんてすっかり忘れてた」

「っ‼」

ガラス玉のように澄んだ瞳が俺を見上げる。

夕焼けを映す輝きに引き寄せられ、誰もいない砂浜で深くキスをした。


十八時過ぎ。散歩していた砂浜の一角に、テーブルセットが用意されている。

「今夜はここで食事をしよう」

「ここで⁉　……素敵」

俺たちの到着を確認したホテルスタッフは、道を作るように置いたランプを順に灯し、エスコートしてくれた。

十九時になる頃にはすっかり暗くなり、星屑を散りばめた空に一瞬で魅了され、本当の夜空の色を見た瞳がその迫力にのまれていくよう。

一日一組限定のビーチディナーでは、ロブスターや帆立貝などのシーフードや和牛ステーキのグリルなど、世界各国の料理から好きなものを堪能した。

「年を取ったら、いずれこういうところで暮らすのも悪くないな」

「そうですね。でも、日本が恋しくなると思います」

「……それもそうだな」

茉夏が一緒なら、世界のどこで暮らしても俺は幸せだ。でも、きっと彼女は家族や友人のいる母国を離れるのはつらいだろう。

「だけど、私は慧さんについていきます。もしこっちに住みたいと思う時が来たら言ってくださいね」

「分かった。ありがとう」

彼女の一途な言葉には、つい俺の目尻が下がる。

俺の表情がこんなに緩んでしまうのは、茉夏の前だから。会社ではとても見せられないだろうな。


日本を発って五日目。バリに来てからは三日目の朝を迎えた。

特注サイズのベッドの中、茉夏を腕に包みながら目覚め、昨日の出来事を思い起こす。

昨日はレンボンガン島に行って、マリンウォークやシュノーケリング、カヤックなどのマリンアクティビティを楽しんできた。夜は早々に眠ったおかげで、疲れが残ることなく、すっきりと目が覚めた。

アクティブな休日はすごく楽しかったし、『また来たい』と言ってくれた彼女の弾けた笑顔は最高だったけど、念願のハネムーンで浮かれて忘れていたことがあった。それは、茉夏が水着姿になること。

開放的な気分で無邪気にはしゃぐのはいいけれど、周囲の男の視線が気になって仕方なかったし、俺のパーカを着せたところで彼女の魅力は隠しきれず……。この先、南の島を訪れるたびに、あんなにかわいくて健康的な色気のある茉夏を他の男に見せなくてはいけないのかと思うと、ため息が出る。

「……おはよう、慧さん」

「おはよう。よく眠れた？」

ふと目覚めた彼女は、俺の腕の中で小さく頷く。そっと彼女の髪を撫でてから額にキスをひとつ落としたら、ふにゃっとした微笑みが返された。

ピュアな表情に心を掴まれ、俺は幸せのあまり抱きしめた。

「夢に、慧さんが出てきました」

「茉夏の夢の中で、俺はなにをしてた？」

「えっと……」

まさか夢の内容を聞かれると思っていなかったのか、口ごもってしまった彼女の耳がちょっと赤らんできた。

「茉夏？」

「昨日の海に一緒にいて、慧さんが水着姿で……」

再び言い淀んだ彼女の耳は一層色を重ねていく。

「水着で、なに？」

「っ……だ、抱きしめてくれたり」

「あとは？」

「あ、あとはっ……キスをしたり、その……」

こうなると、いじめたくなってしまう。腕の中で俯いている彼女の頬を包み、そっと見つめ合った。

「だ、だってすごく素敵だったし、海で何回もキスしてくれたし……」

「俺、なにも言ってないんだけど」

「っ‼」

答えを聞かずに、彼女の膝を割って覆い被さった。

「もしかして、昨日も襲ってほしかった？　……こんなふうに」

なんて言いつつ、茉夏を求めていたのは俺の方。燦々と輝く太陽の下、あんなに魅力を振りまかれて、参ってしまったんだから。

九時のベッドルームを朝日が照らす。

ガウンを剥いで、少し焼けた茉夏の素肌に舌を這わせ、たっぷりと愛を見せつける。

それから、溜めていた欲も一緒に。

現実でも夢の世界でも、茉夏の頭の中を俺で満たしてしまいたくて……。

「茉夏、蕩《とろ》けた顔をもっと見せて」

瞳に涙を浮かべながら、身体を弓のようにしならせる彼女の声は、いつまでも聞いていられるほど甘美だった。


昼食をダイニングで済ませた後は、アクティブだった昨日とは一転して、のんびりと過ごすことになった。

茉夏はバトラーに付き添ってもらって、施設の高級スパに出ている。日焼けを早めにケアした方がいいとエステも一緒に予約したら、随分と喜んでくれた。

出会った頃と比べたら、美容に興味を持つようになったけれど、おかげで日を追うごとに魅力が増しているのが、最近の俺の悩みだ。ひとたび街に出れば男の視線が集まるし、晴れやかな笑顔が見たくて、とことん甘やかしてしまう。

ヴィラのリビングのソファで、日本から持ってきた文庫本を片手に寛ぎながらも、考えてしまうのは茉夏のことばかりだ。

「慧さん」

「ん……」

いつの間にか、ソファで眠ってしまったらしい。西に傾いた太陽の光が、海面で乱反射している。

戻ってきていた彼女が俺の隣に腰を下ろした。

「いつ帰ってきたの？　起こしてくれてよかったのに」

「二時間くらい前です。よく眠っていたし、それに慧さんの寝顔を見るのが好きなので、つい」

その理由を聞いただけで、胸の奥がキュッと締めつけられ、引き寄せた頬にキスをしたら、彼女はすぐに恥じらった。

「っ……。今日の慧さんは、なんだかいつもと違う気がします」

「そう？　どんなふうに？」

「すぐキスしてくるし、今朝だって……」

「仕方ないだろ？　お前がかわいすぎるのがいけないんだから。俺は愛してるだけだよ」

柔らかな唇を含み、舌を絡ませて吐息を混ぜる。

キスをしていると必ず俺の服を掴んでしまう癖も、唇が離れた時に見せる蕩けたような表情も愛しくてたまらない。

瞳を潤ませて上目遣いで見つめられ、またしてもいたずら心に火が点きそうで理性を働かせる。

「……今は、ここまで」

俺のリミッターが外れかけて、勝手にキスをやめた。

茉夏、頼むからこれ以上かわいくならないでくれ。俺が壊れてしまいそうだ。

ディナーは本場のインドネシア料理を楽しむことになり、施設内のレストランに出た。ビンタンビールで乾杯をして、香辛料の効いたバリ風の焼き魚やバナナの葉で包み焼きにした鴨肉料理などに舌鼓を打って、ゆったりと過ごした。

その足でバーにも少し立ち寄ってから、ヴィラへ戻る。

出かけている間、バトラーに用意してもらったシャンパーニュを手に、芝庭のガーデンチェアに並んで腰かけた。

時刻は二十三時。星空の下で飲むシャンパーニュは最高だ。それに、交際前と比べて、幾分か酒に強くなった茉夏と一緒にグラスを傾けるのは、日々の楽しみでもある。

「慧さん、ちょっと目をつぶっててください」

「分かった」

茉夏が芝庭から室内へ戻っていく足音がした。

遠くに聞こえる波の音が心地いい。日頃、街の喧騒に慣れているせいか、静寂がこれほどいいものだというのを忘れていた気がする。

「目を開けていいですよ」

戻ってきた彼女の声で、ゆっくりまぶたを開ける。テーブルの上には、綺麗にデコレーションされたフルーツケーキが用意されていた。

「慧さんは、プレゼントはなにもいらないって言ってましたけど、やっぱりお祝いはしたくて……」

今日、五月一日は俺の誕生日。あと少しで終わってしまうけれど、そんなことは気に留めず過ごしていたから、とても嬉しくて涙が滲んでくる。

「ありがとう、茉夏。でも、いつの間に用意したの？」

「スパに出た時、バトラーさんにお願いして材料を揃えてもらったんです。それで、慧さんがお昼寝をしている間に作って……。お皿、持ってきますね」

カトラリーを取りに戻った彼女に背を向けたまま、星空を仰ぎ見る。

――幸せだ。心から愛する妻に祝ってもらえるなんて、世界一の誕生日だと思う。何十年経っても、今夜のことは忘れないと誓った。

「……どうしたんですか？」

「いや、なんでもない」

戻ってきた彼女が、俺の顔を見て問いかけてくる。

今まで茉夏に泣いている姿を見せたことはないし、涙に気づかれたくなくて、さりげなく顔を背けて目尻を拭った。

「っ⁉」

だけど、茉夏は不意に俺を背中から抱きしめてきて。

「嬉しい時も悲しい時も、いつも慧さんはこうして甘えさせてくれるから……。慧さん、お誕生日おめでとうございます」

さらに涙を誘う彼女の言動に心を打たれ、俺は頷いて彼女の手を包み込んだ。

用意してくれたバースデーケーキは俺好みの甘さ控えめ。一気に食べてしまうのはもったいなくて、残りは明朝の楽しみに取っておくことにした。

「そろそろ部屋に戻るか」

「そうですね」

一緒に片付けをしてから順に寝支度を整え、ベッドに並んで横になる。

琥珀色の照明で室内がほんのり照らされ、大きな窓の向こうに広がる満天の星空をフルムーンが静かに見守っている。

「茉夏、今日はありがとう。すごく嬉しかった」

「また来年もお祝いしましょうね」

「今から楽しみだよ」

揃いのガウンを纏った、彼女の穏やかな温もりを守るように抱きしめた。

「……茉夏」

「なぁに？」

「日付は変わったけど、実は欲しいものがあるんだ」

「プレゼントですか？」

「いや、プレゼントというにはあまりに尊いな」

言葉を交わすことなく見つめ合い、彼女の艶やかな頬に手のひらを添えて、愛しさのあまり親指で撫でた。

「なにが欲しいか分かる？」

「………」

俺は、おもむろに彼女の手をとって、マリッジリングにそっと口づけた。

「俺と茉夏の子どもがほしい」

彼女の瞳をまっすぐ見つめたら、涙を溜めた綺麗な微笑みとともに頷いてくれた。

繋いだ手が離れないように指を絡ませ、心ごとひとつになるために、何度もキスを落とす。赤く染まっていく身体に丁寧に触れれば、嬌声が響いた。

「茉夏、愛してるよ」

吐息や温もり、視線の糸もなにもかも、今夜のふたりだけのもの。

互いの瞳に誓いを立てる時間は、永遠に続くようだ。

言葉では伝えきれないすべての愛を、これからの未来に注いだ。

――至福のハネムーンから帰国し、再び仕事に追われる日々が始まった。

迎えの車がマンションの車寄せに到着したと連絡が入り、書斎の姿見でスーツを着た自分の身なりを確認して、玄関に向かう。茉夏が磨いてくれた革靴に足を入れ、振り返って彼女を片腕で抱き寄せた。

「じゃあ、行ってくる。なにかあったらすぐに連絡しなさい」

「はい。気を付けていってきてください。……あ、あのっ、慧さん」

「ん？」

髪を撫でて、ハグをしていたら彼女がなにか言おうとしていて。

「……愛してます」

「俺の方が愛してるよ」

はにかんでいる彼女にそっとキスをして家を出た。

エレベーターのドアが閉じるなり、俺は片手で顔を覆って、崩れるように壁に寄りかかる。

……不意をついて、朝から愛してるなんて言うなよ。仕事に行きたくなくなるだろ。

余裕ぶって、『俺の方が』なんて返したけれど、あまりにもかわいい茉夏のせいで、柄にもなく頬が火照ってしまった。

エレベーターがエントランスに到着するまでの間に表情を引き締め、〝冷徹〟を装って気合いを入れる。

「社長、おはようございます」

「おはようございます」

運転手が車を出し、ゆっくりと流れていく後部座席の車窓から、茉夏がいるマンションを見上げた。

END

あとがき

ふたりの恋にお付き合いくださいまして、ありがとうございました。

冷徹で近づき難い雰囲気の御門ですが、意外と気さくで心配性。恋をすると人が変わったように一途に愛してくれるいい男で、個人的にお気に入りのヒーローです。

実は、御門は以前書籍になった作品の番外編に登場したり、サイト掲載中の作品に顔を出しているのですが、お気づきになった方がいてくださったら嬉しいです。

茉夏は、不器用ながらも仕事や恋にひたむきで、自分の良さを知らない地味系女子。長年の片想いを実らせるために魅力を磨こうと一念発起してからも、変わらない純粋さが魅力のひとつだと思っています。自分好みに変わっていく茉夏に振り回されてしまう御門と、無自覚な茉夏のやりとりもかわいらしくて好きでした。

書籍化にあたって大幅に改稿した部分もあり、特にラストシーンは御門の独占欲と冒頭の噂が絡むように、またドラマティックで御門らしい大胆さを加え、楽しく書き上げました。番外編は、幸せいっぱいのハネムーンを彼らと一緒に楽しんでいただけたら嬉しいです。ふたりの赤ちゃんは間違いなくかわいいことでしょう。

発売日の四月はベリーズ文庫五周年とのこと、おめでとうございます。このような大切な節目に本作を選んでいただけて、大変光栄に思っております。この場をお借りして、書籍化にお力添えくださった皆様にお礼を申し上げます。

前回のベリーズ文庫とマカロン文庫からお世話になっている福島様は、私にとって癒しの存在でありながらも頼れる担当編集さんです。いつもイケメン談義と妄想で盛り上がれるのが嬉しいです（笑）編集協力の妹尾様には、デビュー作からお世話になっています。貴重なご指摘が大変ありがたく、『ここをもっと甘くしてください』などのひと言は、私の書く意欲に繋がっております。

表紙は藤那トムヲ様。魅力磨きをした茉夏を御門がかわいがっている雰囲気がとても微笑ましいです。背景にも作中の細かな設定まで反映されていて嬉しかったです。ご多忙中に素敵なイラストをありがとうございました。

そして、この作品をお手に取ってくださった皆様と、サイト掲載時よりお読みくださった皆様に心よりお礼申し上げます。今後も〝ドキドキする恋〟が届けられるように楽しく執筆してまいりますので、どうぞよろしくお願いいたします。

北条《ほうじょう》歩来《あゆら》

北条歩来先生への
ファンレターのあて先

〒104-0031
東京都中央区京橋1-3-1
八重洲口大栄ビル7F
スターツ出版株式会社　書籍編集部　気付

北条歩来先生

本書へのご意見をお聞かせください

お買い上げいただき、ありがとうございます。
今後の編集の参考にさせていただきますので、
アンケートにお答えいただければ幸いです。

下記URLまたはQRコードから
アンケートページへお入りください。
http://www.berrys-cafe.jp/static/etc/bb

副社長のイジワルな溺愛

2018年4月10日　初版第1刷発行

著　　者　北条歩来
©Ayula Houjoh 2018
発 行 人　松島 滋
デザイン　カバー　河野直子
フォーマット　hive & co.,ltd.
D T P　久保田祐子
校　　正　株式会社 文字工房燦光
編集協力　妹尾香雪
編　　集　福島史子
発 行 所　スターツ出版株式会社
〒104-0031
東京都中央区京橋1-3-1　八重洲口大栄ビル7F
TEL　販売部　03-6202-0386（ご注文等に関するお問い合わせ）
URL　http://starts-pub.jp/
印 刷 所　大日本印刷株式会社

Printed in Japan

ISBN 978-4-8137-0436-2　C0193

小説サイト
Berry's Cafeの人気作品がボイスドラマ化！
豪華声優陣が出演!!
溺愛ボイスドラマ×ベリーズ男子
俺様すぎる強引社長
CV:増田俊樹
『キミは許婚』
by 春奈真実
とことん溺甘！
グイグイ秘書室室長
CV:梅原裕一郎
『秘書室室長がグイグイ迫ってきます！』by 佐倉伊織
隠れドS!?
溺愛系御曹司
CV:石川界人
『副社長は溺愛御曹司』
by 西ナナヲ
2018年2月上旬より順次リリース！
1話はすべて完全無料！
App Store からダウンロード
Google Play で手に入れよう
アプリストアまたはウェブブラウザで
ベリーズ男子
検索
【全話購入特典】
・特別ボイスドラマ
・ベリーズカフェで読める書き下ろしアフターストーリー
最新情報は公式サイトをチェック！
※AppleおよびAppleロゴは米国その他の国で登録されたApple Inc.の商標です。App StoreはApple Inc.のサービスマークです。※Google PlayおよびGoogle Playロゴは、Google LLCの商標です。

ベリーズ文庫 2018年4月発売

書店店頭にご希望の本がない場合は、
書店にてご注文いただけます。

『副社長のイジワルな溺愛』

北条《ほうじょう》歩来《あゆら》・著

建設会社の経理室で働く茉夏は、容姿端麗だけど冷徹な御曹司・御門が苦手。なのに「俺の女になりたいなら魅力を磨け」と命じられたり、御門の自宅マンションに連れ込まれたり、特別扱いの毎日に翻弄されっぱなし。さらには「俺を男として見たことはあるか？」と迫られて…!?

ISBN978-4-8137-0436-2／定価：本体630円＋税

『強引専務の身代わりフィアンセ』

黒乃《くろの》梓《あずさ》・著

エリート御曹司の高瀬専務に秘密の副業がバレてしまった美和。解雇を覚悟していたけど、彼から飛び出したのは「クビが嫌なら婚約者の代役を演じてほしい」という依頼だった！　契約関係なのに豪華なデートに連れ出されたり、抱きしめられたりと、彼は極甘で…!?

ISBN978-4-8137-0437-9／定価：本体630円＋税

『お気の毒さま、今日から君は俺の妻』

あさぎ千夜春《ちよはる》・著

容姿端麗で謎めいた御曹司・葛城と、とある事情から契約結婚した澄花。愛のない結婚なのに、なぜか彼は「君は俺を愛さなくていい、愛するのは俺だけでいい」と一途な愛を囁いて、澄花を翻弄させる。実は、この結婚には澄花の知らない重大な秘密があって…!?

ISBN978-4-8137-0433-1／定価：本体640円＋税

『冷酷王の深愛～かりそめ王妃は甘く囚われて～』

いずみ・著

花売りのミルザは、隣国の大臣に絡まれた妹をかばい城へと連行されてしまう。そこで、見せしめとして冷酷非道な王・ザジにひどい仕打ちを受ける。身も心もショックを受けるミルザだったが、それ以来なぜかザジは彼女を自分の部屋に大切に囲ってしまい…!?

ISBN978-4-8137-0438-6／定価：本体640円＋税

『エリート社長の許嫁～甘くとろける愛の日々～』

佐倉伊織《さくらいおり》・著

老舗企業の跡取り・砂羽は慣れない営業に奮闘中、新進気鋭のアパレル社長・一ノ瀬にあるピンチを救われ、「お礼に交際して」と猛アプローチを受ける。「愛してる。もう離さない」と溺愛が止まらない日々だったが、彼が砂羽のために取ったある行動が波紋を呼び…!?

ISBN978-4-8137-0434-8／定価：本体640円+税

『伯爵と雇われ花嫁の偽装婚約』

葉崎《はざき》あかり・著

望まぬ結婚をさせられそうになった貴族令嬢のクレア。縁談を断るために、偶然知り合った社交界の貴公子、ライル伯爵と偽の婚約関係を結ぶことに。彼とかりそめの同居生活がスタートするも、予想外に甘く接してくるライルに、クレアは戸惑いながらも次第に心惹かれていき…？

ISBN978-4-8137-0439-3／定価：本体650円＋税

『クールな次期社長の甘い密約』

沙紋《さもん》みら・著

総合商社勤務の地味ＯＬ茉耶は、彼女のある事情を知る強引イケメン専務・津島に突然、政略結婚を言い渡される。甘い言葉の裏の横暴な策略に怯える茉耶を影で支えつつ「あなたが欲しい」と近づくクールな専務秘書・倉田に、茉耶は身も心も委ねていき、秘密の溺愛が始まり…!?

ISBN978-4-8137-0435-5／定価：本体640円＋税

『御曹司と溺愛ルームシェア』

pinori《ぴのり》・著

Now Printing

ハメを外したがっている地味OLの彩月。偶然知り合い、事情を知った謎のイケメン・成宮から期間限定で一緒に住むことを提案され同居することに。しかしその後、成宮が自社の副社長だと発覚！　戸惑う彩月だけど、予想外に過保護にかまってくる彼にドキドキし始めて…？

ISBN978-4-8137-0454-6／予価600円＋税

ベリーズ文庫
2018年5月発売予定

書店店頭にご希望の本がない場合は、
書店にてご注文いただけます。

『恋はのちほど！』

西《にし》ナナヲ・著

Now Printing

お見合いで、名家の御曹司・久人に出会った桃子。エリートで容姿端麗という極上な彼からプロポーズされ、交際期間ゼロで結婚することに。新婚生活が始まり、久人に愛される幸せに浸っていた桃子だったけど、ある日、彼の重大な秘密が明らかになり…!?

ISBN978-4-8137-0455-3／予価600円＋税

『私と結婚したいなら』

夏雪《なつゆき》なつめ・著

Now Printing

アパレル会社に勤める星乃は、ある日オフィスビルで見知らぬ紳士に公開プロポーズをされる。彼は自動車メーカーの社長で、星乃を振り向かせようとあの手この手で迫る毎日。戸惑う星乃はなんとか彼を諦めさせようと必死に抵抗するも、次第に懐柔されていき…。

ISBN978-4-8137-0451-5／予価600円＋税

『艶恋繚乱～かりそめの契り』

水守《みずもり》恵蓮《えれん》・著

Now Printing

没落華族の娘・琴は、家族の仇討ちのためにエリート中尉・総士の命を狙うが、失敗し捕らわれる。罰として「遊女になるか、俺の妻になるか」と問われ、復讐を果たすため仮初めの妻に。だけど総士に「俺を本気で惚れさせてみろ」と甘く迫られる日々が始まって…!?

ISBN978-4-8137-0456-0／予価600円＋税

『副社長とわたしのやんごとなき事情』

高田《たかだ》ちさき・著

Now Printing

建設会社秘書・明日香は副社長の甲斐に片想い中。ある日車で事故に遭い、明日香と副社長の立場が逆転!?　「お前が好きだ」と告白され、便宜上の結婚宣言、婚約パーティまで開かれることに。同居しつつ愛を深める2人だったが、甲斐のライバル専務が登場し…!?

ISBN978-4-8137-0452-2／予価600円＋税

『元帥閣下は勲章よりも男装花嫁を所望する』

真彩《まあや》 -mahya-・著

Now Printing

軍隊に従事するルカは、父の言いつけで幼い頃から男として生きてきた。女だということは絶対に秘密なのに、上官であり、麗しくも『不敗の軍神』と恐れあがめられているレオンハルト元帥にバレてしまった！　処罰を覚悟するも、突然、求婚＆熱いキスをされて…!?

ISBN978-4-8137-0457-7／予価600円＋税

『今夜、君にラブレターを』

和泉《いずみ》あや・著

Now Printing

デザイン会社勤務の沙優は、突然化粧品会社の次期社長にプロポーズされる。それは幼い頃、沙優の前から姿を消した東條だった。「俺の本気を確かめて」毎週届く花束と手紙、ときめくデート。社内でも臆さず交際宣言、甘く迫る彼との幸せに浸る日々だったが…!?

ISBN978-4-8137-0453-9／予価600円＋税